二魚文化

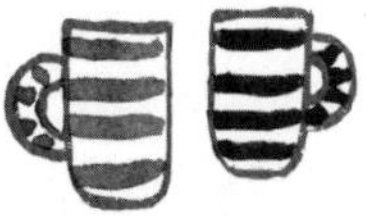

把拔的廚房食譜

楊寒◎著

文學花園 C083

CONTENTS 目次

RECIPE 1

醬油拌飯

我有一個女兒，兩年前我還沒拿到博士學位一邊寫論文一邊在苗栗兼課時，她的媽媽開車從雲林上來，突然把她丟給我。

「劉帝希，你的女兒這一陣子就你養了。」女兒的媽媽仍和從前一樣，綁著馬尾，有著細緻好看的眉毛和小巧的鼻子，但對我講話的態度就像失去溫度的晚餐料理，那樣冰冷讓人一時無法適應。

「為什麼？」那時站在租賃的房子大門口，注視曾經相戀過的情人她那明亮眼睛，啊，她也三十多歲了，大學畢業後她決定一個人帶小孩回娘家，不久找到了銷售房地產的工作，我仍留在大學裡繼續升學，不久她就要求分手……

我們只在電話中協議了分手，她想把小孩帶大，也希望小孩從母姓，但我們一直沒有時間去戶政事務所辦這件事，將近十年後，她突然遠從雲林把小孩帶來給我。

「小蜜，你先去那邊松樹下玩，我跟你爸爸講一些事情……」女兒的媽媽溫柔地揮手把女兒小蜜趕走，我注意到女兒剪了短髮，身上穿的是雲林某一個國中的制服。

她在讀國中了呀！我腦海裡正想著我錯過多少女兒成長的畫面。

女兒的媽媽換回冰冷的語氣對我說話，打斷了我的沉思：「因為我最近認識一個男人，很不錯……我不想現在就讓他知道我有女兒，反正她現在還姓劉，你照顧她也是理所當然的！」

「呃，啊！可是、可是我……」我租賃的地方是一幢古老三合院改建成的學生套房，因為是鳥不生蛋的鄉下地方，套房的空間比起臺北市、臺中市的套房大上不少，足足有十六坪，擺了我的電腦、簡單的衣架和一箱箱研究用的書籍的確還有寬裕的空間容第二個人一起生活。

但床鋪只是單人床，而且我也沒有突然和另一個人生活的心理準備。

「你想說你只是兼任講師，沒什麼錢嗎？我會轉帳她的生活費給你，每個月五千夠不夠？還是八千？」女兒的媽媽語氣轉為輕蔑。

「不是這個問題……」其實也可能是這個問題，身為一個大專兼任講師，我的經濟很拮据，而且我沒有養女兒的經驗，要我突然扶養一個讀國中的女兒，我想像不出來這會有多混亂。

「劉帝希，拜託你當一個負責任一點的男人好不好！」女兒的媽媽語氣相當不耐煩：「她叫劉佳琪，是你的女兒耶！」

「好，我知道了！」不管對女兒的媽媽或女兒，我都滿心愧疚。如果女兒的媽媽能夠幸福就好了！

我也要努力讓女兒小蜜有個幸福的成長環境。

「就這樣啦！她的衣服、課本和生活用品都在我車上，你自己搬下車吧？你住的地方放得下吧？還有國中的問題，你可以問小蜜她國中級任導師的電話，看怎麼辦轉學……」女兒的媽媽囑咐我：「我已經跟小蜜說要她來跟爸爸住一陣子，她的英文不好，也不喜歡數學，你要督促她……」

女兒的媽媽看我從車上搬完了小蜜的東西，朝遠方在龍柏旁邊蹲下來用小樹枝撥弄泥土的小蜜喊道：「小蜜，媽媽跟你爸聊完了！媽媽要回雲林了，你要乖乖聽你爸的話！」

小蜜聽到媽媽喊她，哦地應了一聲，很快地奔跑回來，紅色的制服裙子揚起如一片青春的旗。

小蜜臉上看不出難過或高興的表情，只是抱了她媽媽一下，然後揮手看著她駕車離開。

然後小蜜仰著頭怯生生地叫了我聲：「把拔！」

雖然過去我也曾聽見小蜜這樣叫我，可是，這次她這樣叫我代表我們可是要生活在一起的父女了呀！我有點茫然迷惘卻有更大的感動，輕握了一下小蜜的手，告訴她我們要一起住了。

我帶小蜜穿過三合院左邊廂房的小門，打開日光燈驅走狹長走道的陰暗，然後帶她推開中間的房門。

小蜜的東西雜亂擺在房門邊，除此之外有一整排鐵管組合的一架緊靠浴室邊的牆壁，浴室門口面對窗戶的地方則是一張長桌子，桌子上有電磁爐、卡式爐和我很少用的烤箱，一個小冰箱緊靠著窗戶。

比較空閒時我會自己煮東西吃，但最近因為我急著一篇要在彰化發表的論文，因此連電磁爐上都凌亂擺放從圖書館影印來的期刊資料。

至於有四坪左右的地板甚至被教科書和詩集、小說淹沒。

「對不起，把拔沒預期你要來，房間有點亂。」

「沒關係，我可以幫把拔整理！以前在家時，媽媽也說我很乖、很會幫忙整理東西。」雖然頭髮用蘋果小髮飾綁成兩條小辮子，左手手腕一條可愛手鍊的女兒感覺相當天真可愛，但說話卻有股異樣的成熟。

也許是因為父母的關係。

我有些歉然，不再說話，和她一起默默整理凌亂的房間。

這一整理下來就花了三個多小時。

然後我們都餓了。

道。

「好餓哦！把拔，我們晚餐要吃什麼？」小蜜用手腕擦了擦額頭的汗珠對我說

「我們出去吃好嗎？去竹南鎮上吃點什麼……」我提出建議，小蜜在苗栗的第一個晚上，應該帶她去逛逛的……

「馬麻說你沒錢，我們在家裡吃就好了！把拔中午吃什麼？」小蜜漆黑明亮的眼睛望著我，露出好奇的表情：「把拔中午吃什麼，小蜜就吃什麼好了！」

小蜜蹲下來掀開地板上插著插座的大同電鍋。

電鍋裡只有吃掉三分之一的白飯。

「把拔中午吃飯？配什麼？」小蜜抬頭對我眨眨眼睛。

「淋醬油。」我有點尷尬，今天睡到快中午才起床，然後趕著上一點的課，只好隨便找東西吃。

「這樣能吃嗎？」小蜜皺起眉，做出噁心的表情，但勉為其難地說：「……把拔都這樣吃了，我吃吃看好了。」

碗筷、電鍋和電磁爐是從大學住處一直跟著我搬遷流浪到現在的，我拿起小蜜她媽曾經用過的碗為小蜜添了一碗冷飯。

房間裡只有一張椅子，地板剛擦過，很乾淨。

我們父女兩就蹲坐在地上，各自捧著一碗冷飯，我打開醬油瓶，淋了一些在小蜜的飯上，也為自己的飯淋上一些醬油。

小蜜扒了一口飯，然後就哭出來了。

「很難吃嗎？還是我們出去吃？」

小蜜只是哭著，搖搖頭……

「怎麼了？想媽媽？」

「我只是覺得把拔吃這樣好可憐，我們都是被馬麻丟掉不要的，對不對？」

「小蜜，不是這個樣子的……」我想盡各種理由想要安慰這個叫我把拔的女兒，並在心裡暗自發誓以後不會讓她吃醬油拌飯了。

小蜜，你知道嗎？我們都不是被誰丟掉的，只是我們在人與人相處的過程中，偶爾會有誤會、摩擦，然後發現原來自己的未來沒有辦法和另一個人繼續走下去。

就像醬油拌飯，它也有它的價值存在。

沒有人可以否定我們，除非我們自己先否定了自己。

把拔小時候沒什麼零食吃，每當快晚餐時，我的奶奶和媽媽還沒煮好菜，我就肚子餓了，有時奶奶……就是你的曾祖母會讓我先偷吃白飯，在白飯上灑上幾滴醬油配飯吃，那也可以是幸福的滋味。

把拔想告訴你，把拔不會再讓你吃醬油拌飯，但我們生命當中難免有如「醬油拌飯」的時間。

可是我們幸不幸福，取決於自己的觀點，而不是別人的態度。

食譜 01

1 白飯200g
2 醬油少許
（加一點切碎的生辣椒或豬油會更有味道）

RECIPE 2

蕃茄炒蛋

小蜜突然搬來和我一起住，讓我的論文完全停頓。

前一天晚上我把床鋪讓給女兒，將她那從雲林帶來的哈姆太郎圖案的枕頭棉被鋪好，將自己的枕頭棉被隨便鋪在地上的廉價巧拼就這樣過了一夜。

今天先打電話給女兒她在雲林的級任導師談了一會兒，然後開車帶小蜜去附近學區的國中辦理轉學的手續，把小蜜交給新的班導師時，小蜜還提醒我放學後要記得來接她，然後要去竹南市區買這所國中的書包、制服。

小蜜還希望我買一輛二手的腳踏車給她，這樣她就可以自己上下學了。

雖然有女兒已經十多年了，但現在才明顯真的有了一個女兒的感覺。從此，我不能賴床，得要當一個成熟穩重的大人，為了女兒的營養，也需要注意早餐一定要吃！

天知道，在此之前我是一、兩個星期才有可能吃一次早餐。

女兒知道我經濟狀況不好（她媽媽到底把我講成多麼差勁或多貧窮的人啊？），所以堅持不在外面吃飯，連今天早上開車經過早餐店想幫她買個二十元的飯團她都搖搖頭。

看來我真的得總是自己下廚了……

送女兒去上學後，也趁著早上沒課的時間，我先去竹南火車站附近的菜市場買菜。一個人住的時候，我偶爾也會自己煮菜，因此對這菜市場並不陌生，只是我對吃的品質要求很低，例如昨晚的醬油拌飯或無鹽水煮青菜、咖哩粉和醬油拌麵……甚至嗑一大塊無糖仙草也能過一餐。

但是為了正在發育的女兒，我可不能這樣應付她的三餐。

手邊沒有食譜，我買了一袋蕃茄後，站在地上盡是菜屑、積水且人聲吵雜的市場中，觀察菜市場中的女人們究竟都買些什麼菜？

然後去推想她們家中今晚的晚餐會是什麼。

觀察了半天，我決定買了一斤的絞肉準備做肉燥，小蜜的奶奶可是做肉燥的高手，紅麴肉燥、香椿肉燥或帶有義大利口味的蕃茄肉燥都難不倒她，雖然我沒有遺傳我媽的烹飪技術，但做肉燥這種事嘛……上網查就會了，而且肉燥可以冰在冰箱很久，拌麵、拌飯都好吃。

買了蔥和小白菜後，我又走到市場角落的雜貨店買了一斤雞蛋。

雖然觀察了好多菜市場內女人臂彎間的菜籃，可是突然要煮兩人份的晚餐還是令人惶恐，我該煮一道菜好呢？還是兩道菜？

如果是兩道菜，吃不完會不會太奢侈了？

以前讀碩士班時，指導教授告訴我，帝希！不管是在論文還是生活上遇到什麼困難或挫折都不必害怕，咬著牙就過去了。

可是突然養個女兒，可不僅是咬著牙就可以過去了啊！

因為多了個女兒，讓我心緒有點亂，下午在科技大學兼課的大一國文，感覺除了學生一如往常昏昏欲睡外，我今天教學教得真是有夠差勁。

然後，在女兒放學後我去接她。

我們去買了國中制服、書包，也在腳踏車店挑了輛二手腳踏車斜置在汽車行李箱用繩子捆著。

回家的路上，小蜜都很沈默，好像不太高興似的。

「小蜜，你怎麼了？心情不好？學校生活還可以嗎？」我有點忐忑，試著問她。

「還好，只是覺得好孤單，沒有認識的朋友。」小蜜的聲音很輕，似乎刻意將某些情緒壓低下來。

她頭撇向夜色的車窗玻璃，肩膀有些抖動。

我知道她可能哭了。

我能稍微體會女兒的心情。以前小學時候，我也曾經轉學，那時候覺得好難過。

「今天晚餐吃蕃茄炒蛋好不好？」我把車駛離竹南市區，並轉移了話題。

「嗯。」女兒仍沒有看我，用手擦了擦臉頰，我猜想她在擦眼淚。想念朋友、想念媽媽的眼淚。

小蜜，你知道嗎？雞蛋可以作為單一食材的料理，例如茶葉蛋、荷包蛋、水煮蛋和蒸蛋，也可以加上其他食材來烹飪，像蕃茄炒蛋、洋蔥炒蛋、竹筍炒蛋、蝦仁炒蛋或海帶蛋花湯。就像人一樣，可以在孤獨時自處，聽音樂、繪畫或寫作，甚至什麼都不做靜靜想著心事，也可以很歡樂地和別人交朋友，不會有一顆雞蛋堅持只有「蝦仁炒蛋」最好吃，而拒絕和「蕃茄」當朋友。

雖然很對不起因為把拔馬麻的關係，你轉學了！

但你也有一點小幸運，可以多認識到苗栗的新同學。把拔希望你像雞蛋一樣，可以孤獨自處，也能很開朗地和苗栗的新同學當朋友，成就自己豐富美味的人生。

食譜 02

1 蕃茄切塊，蔥切段備用。
2 蛋汁加水攪拌均勻，熱油鍋後倒入蛋汁，把蛋汁炒半熟後盛起。
3 蔥段爆香後加蕃茄塊續炒，可加一點糖。

材料：

1 大蕃茄2顆
2 蛋2顆
3 蔥少許
4 糖一匙（可加醬油或改加鹽調味）

RECIPE 3

手工擀麵

平常偶爾在住處煮麵，比較奢侈時會開肉燥罐頭，例如味全的或廣達香的肉燥罐頭，不過因為多了女兒一起住，讓我懷念起我媽媽以前在我小時候煮肉燥的情景。

所以那天我買了絞肉，想要依著媽媽從前的方式來做肉燥。但首先得先把窗戶打開，因為我沒有抽油煙機，必須用電扇代替抽油煙機把炒肉燥的油煙吹出室外。

加少許油熱鍋，然後將絞肉放下去變白色，豬絞肉會稍微出油，因此油不必放太多，當絞肉完全變白色後，放入油蔥一起炒，放進少許米酒和醬油調味，等到香氣四溢時，再倒入些許水繼續燜煮。

味道很香。

我對小蜜說，這味道就好像把拔小時候你奶奶在廚房煮肉燥的香味。

小蜜很高興我趁著假日和她一起煮肉燥，連續吃了兩餐肉燥麵搭配蛋花紫菜湯。

今天週日。

下午，小蜜把桌上的電磁爐擺在地上，用那張我們用來做菜的桌子寫作業，我則用電腦繼續趕論文，大約兩點多的時候，我們租賃的三合院外面傳來：「賣菜、要買菜否？」的廣播叫賣聲。

小蜜很疑惑那是什麼聲音，我告訴她那是類似把雜貨店搬到貨車上的叫賣車，在鄉下有些交通不便的地方，沒有交通工具的老人家還很倚賴這樣的交易方式。

小蜜之前跟媽媽住在雲林縣最熱鬧的斗六市街上，她從來沒有看過這種叫賣車，有些新奇，想出去看看。

我牽著小蜜的手走出三合院，正好叫賣車的老闆跟一個穿著紅花布衫、黑袖套，用斗笠搧著風的婦人聊天，小蜜掙脫開我的手興奮的眼神往那小貨車跑去，貨車上整齊垂掛著新鮮蔬菜，藍色的貨車車斗內用木板釘成一格格的抽屜樣貌，一些罐頭和麻布袋裝的調味品、紅豆等分門別類地放在小木格中。

小木格外還有一些乾貨例如香菇、海帶等食材，用大塑膠袋裝著，有一個淺藍色的鐵製磅秤放在最顯眼的地方，彷彿告訴大家，這貨車商店的老闆是童叟無欺的誠實商人。

「把拔，我們要買一些麵條了吧？我們還有一些肉燥，可是麵條快吃完了！」小蜜手指著貨車上各種不同種類的麵條，回頭對我說道。

我們之前的麵條是在頂好超市買的一包三十元的硬麵條，共買了兩包，兩個人吃到現在真的快吃完了！這貨車上有賣新鮮的麵條，於是我向叫賣車老闆買了兩斤寬麵條。

然後又買了可以搭配稀飯的醃筍絲和豆腐乳，以及拌麵、拌飯都很好吃的大罐芝麻醬。

其實因為我有開車，經常會到竹南市區去，叫賣車的東西大約又比菜市場或超市貴上幾塊錢，因此根本不曾在這叫賣車買東西，可是看小蜜那因好奇而興奮的小臉，就順著她買下那些食物。

我想到以前在花蓮讀大學的時候，小蜜她媽媽也曾有一次對這種在鄉間跑的叫賣車產生好奇，而且堅持要跟開叫賣車的阿伯買一個比超市貴三元的肉燥罐頭，讓我好生氣，我們因此吵了一整天的架。

現在想起來，三塊錢能買到小蜜她媽媽一天的笑，多花一些錢能買到小蜜一整天因為好奇而興奮的好心情，誰說不值得呢？

小蜜像買了新玩具而高興的小孩，小手牽著我的大手，執意幫我提著那一袋沉重食物大步走回我們的房間。

我突然想起，小時候我讀臺中縣清水鎮的建國國小，那是一所眷區學校，學校附近開了好幾家外省擀麵店，我小時候就迷戀上擀麵那種厚實麵條加上濃厚油蔥、芝麻醬的味道，曾要求小蜜他奶奶每餐煮擀麵給我吃。

那一陣子，我們全家幾乎每天吃擀麵。

我曾跟小蜜她媽媽形容擀麵的美味，小蜜她媽曾很遺憾這種美味在斗六市不曾吃過，我說總有一天會帶她回清水，帶她去吃擀麵，可是我來不及實現這個約定，我們就分手了。

「小蜜，你要不要吃擀麵？」我突然有了主意。

「擀麵？什麼是擀麵？麵條不都是用機器擀的嗎？」小蜜滿臉好奇，仰著頭看我。

「你等著看……」我神秘一笑，捲起袖子，拿著保鮮膜的捲筒充當擀麵棍，把剛買回來的麵條在鍋子裡重新揉成麵團，在砧板上反覆輾壓成扁平狀。

原本擀麵需要用高筋麵粉、水均勻揉成麵團，而我用比較偷懶的方式，將麵條重新揉捏成麵團，最後用保鮮膜捲筒壓得扁平，反覆了幾次，讓麵條變得更有Q勁，然後折疊起來，用菜刀切成條狀。

「把拔好像麵店老闆呢！比麵店老闆還帥！」小蜜讚嘆道。雖然我知道她這樣說，有大部分可能因為我是她爸，但我還是蠻高興的。

「可以去燒開水了，等一下我們煮擀麵來吃。」

「好！」小蜜高興地點點頭。

煮好的麵條上淋下刻意加重了油蔥味道的肉燥，兩、三片燙過的小白菜和一大匙芝麻醬就大功告成了。

為了營養，我又幫小蜜加了一顆無殼水煮蛋。

「好燙、可是好好吃！把拔，麵條好Q哦！跟我們前幾天吃的麵條都不一樣。」小蜜吃得都瞇起了眼睛，白嫩的臉頰微微紅脹冒汗。

是啊！小蜜，麵條稍加一點力氣，重新壓揉過，會變得更Q、更好吃，就像我們人生稍微受到一點壓力，可以讓我們的未來更成功。

把拔是這樣地希望你成為一個能經得起壓力和挫折的堅強女孩哦！

食譜03

1 把麵條重新擀過，切成麵條，下水煮熟。
2 使用油蔥稍重的肉燥淋在麵體上。
3 依個人喜好可加芝麻醬、白菜或蒜泥。

RECIPE 4

夾心小黃瓜沙拉

小蜜是一個很乖的孩子，但這幾天我發現她有挑食的毛病，她不喜歡吃苦瓜……好吧！我也不喜歡苦瓜，可是她也不喜歡吃小黃瓜。

房東李太太的婆婆住在附近新建的樓房，她在三合院旁邊的空地上種菜，最近看我常帶一個穿國中制服的小女孩出入，於是問我：「劉老師啊，最近你帶的那個小女生是誰？你妹妹嗎？很可愛。」

「我女兒啦！」我有些羞赧不知怎麼解釋我跟女兒她媽媽的關係。

「沒想到老師你小孩這麼大了，你一個人要帶她很辛苦吧？」幸好老婆婆沒有問我關於女兒她媽媽的事，只是在菜園裡摘了一大把小黃瓜捧給我並且對我說道：「劉老師有自己煮菜吧？這些送你。」

如果是前一陣子我獨居的時候，送我這麼多小黃瓜我會不知怎麼辦，但現在每天都自己煮飯，多了這一大把小黃瓜我可以節省六、七十元的菜錢，我滿懷欣喜地向房東太太的婆婆道謝。

等到小蜜下課騎著單車回來，她看到電磁爐旁邊一大堆小黃瓜先是沈默沒有說話，卻讓我看見她偷偷蹙眉。

「劉佳琪，你不喜歡吃小黃瓜對不對？」我直接叫了她的名字表示我對她的態度有些不滿。

「小黃瓜吃起來口感很奇怪，煮過的小黃瓜軟趴趴的，沒煮過的小黃瓜又太澀，小黃瓜本身又沒有味道，好像在吃西瓜皮。」小蜜嘟起了嘴。

「不可以挑食哦！挑食會營養不良，會妨礙發育……」為了女兒，即使一整條苦瓜擺在面前，我還是會當成「享受黑咖啡的苦味」那樣愉快地吃苦瓜。

畢竟大人是小孩子的榜樣。

「把拔，世界上一定有你討厭的東西吧？那種絕對討厭的東西！……或者討厭的人？」小蜜睜大眼睛抬頭直視她父親我的臉。

「沒有！」

「騙人，像我討厭以前國中的蔡怡君，她會有事沒事說我壞話，討厭現在坐我旁邊的李霄堯，他好像因為我是轉學生就瞧不起我！我討厭他們！」小蜜的聲音到後來幾乎有些接近大叫，然後她勉強自己平靜下心情握緊小拳頭對我說：「把拔，你當老師難道不討厭蹺課或上課睡覺的壞學生嗎？」

「一開始多少會討厭這樣的學生，可是也許他蹺課是有原因的、他上課睡覺也是有原因的，一個人的價值並不完全在課堂上呈現，也許他蹺課是為了照顧生病的爸爸、也許他上課睡覺是因為昨天晚上為了家計打工相當的辛苦。」

「但你的學生也可能因為打電動而蹺課啊？」

「也許是這樣的，但他在學校應該也可以找到自己在學校的價值，他的生命也在生命現場中有他的價值，只是很遺憾地……他沒有告訴我，我沒有辦法透過不存在的對話瞭解拒絕跟老師溝通的學生，但我相信他的生命絕對有意義的……就像小黃瓜也一定有它的價值！」

「反正我就是不喜歡吃小黃瓜。」

「我會想辦法把小黃瓜弄得好吃一點……」

「怎麼弄？」小蜜輕輕地哼了一聲，模樣既可愛又帶著一點嬌縱。

「秘密……」其實我真的不知道怎麼弄。

小蜜都十二歲了，我還不太清楚她真正喜歡吃什麼。

做沙拉好了，好像小孩子都很喜歡沙拉醬這種調味料。

關於「沙拉醬」我有一個小故事。

大學時有一年暑假回到清水老家，那時很喜歡喝著大瓶可樂或汽水吹冷氣渡過炎炎夏日，總是每天騎著單車到農會超市報到，為的就是那暢快冰涼的好味道。

有一天，一個滿頭銀髮的老婆婆提著菜籃彎腰在冰櫃前面似乎在找什麼，而我站在她旁邊想決定今天到底喝可口可樂好呢？還是百事可樂？或者喝比較少喝的黑松汽水？

我斜瞄了老婆婆一眼，她似乎在猶豫什麼，有些不安然後嘆氣。

她到底在猶豫什麼？

我轉頭看了一下老婆婆面前的冰櫃，她面前冰櫃的貨品是香腸、起司、味噌和沙拉之類的食品，感覺起來都不像老婆婆會買的東西，如果這樣的老婆婆要買香腸，都應該到附近的清水菜市場豬肉攤上買那傳統的臺式香腸才對！

我疑惑了幾秒，然後聽見老婆婆開口對我問道：「少年噎！你覺得哪一種沙拉醬小孩比較喜歡吃，我兒子媳婦今天會帶孫子從臺北回來，我聽說小孩都喜歡沙拉醬，我想買一條回去……」

我頓時有點感動，一個老祖母為了不常見面的小孫子想做一道不曾做過的沙拉料理，我仔細地為老婆婆挑選了沙拉醬並依照上面的說明解釋了各種品牌沙拉醬的特色。

然後我有了一個不知是否正確的刻板印象，就是「小孩都喜歡沙拉醬」。

現在我手邊沒有現成的沙拉醬，但我曾看過小蜜她奶奶做過沙拉醬，沙拉醬因為材料和做法的差異可以有各種不同豐富的口感和味道。我環顧了一下我所擁有的東西，把一罐保久乳倒入大碗公、又加了一些奶粉、少許鹽，加了比保久乳少一些的糖，剁碎了一條洗淨的小黃瓜加進去，最後注入適量的沙拉油攪拌均勻。

沒有蛋的沙拉醬完成了。

接下來處理小黃瓜的部分，把小黃瓜連皮切成輪狀，中間用菜刀劃一個十字，用糖醃漬了一下。

小蜜她奶奶之前給我一大包養生用的紅棗。我把紅棗用水泡軟、煮軟，然後用水果刀去掉核並切成小塊狀，然後我思考還有什麼東西可以加咧？

注意到放食材的籃子上還有幾個罐頭，口味清淡的水煮鮪魚罐頭可以加進來。

最後這是這道菜的做法，小心翼翼地把鮪魚醬和紅棗泥塞入小黃瓜的十字切口中，一個一個擺在用高麗菜葉墊的盤子上，最後淋上我特製的沙拉醬。

小蜜所說的小黃瓜生硬的口感被鮪魚醬和紅棗泥蓋過去，而沙拉醬那種清甜的味道也豐富了小黃瓜的口味。

「把拔，你這樣算作弊，你怎麼可以把小蜜最喜歡的鮪魚醬還有沙拉加在黃瓜裡面。」小蜜彷彿不知道做什麼樣的表情對我抗議。

「你吃吃看？好吃嗎？」

「哼，把拔做的當然好吃！」

如果我們用心去觀察一個人，我們一定會發現到他的優點。

如果我們用心去烹飪和品嚐一道菜，我們也一定會發現這道菜餚的美味。

小蜜，你說對嗎？

食譜 04

1 小黃瓜切成輪狀並劃十字切口。

2 以鮪魚醬和紅棗泥塞入小黃瓜十字切口內。

3 淋上沙拉醬。（沙拉醬可依自己口味或現有食材調配）

RECIPE 5

泡菜豆渣鍋

雖然小蜜不太願意我們花錢在外面吃飯。

但她也發現如果我總是做早餐給她吃或她自己做早餐，我們兩個就差不多會少了半小時的睡眠時間。尤其早上我還在地上睡覺一邊聽她自己泡牛奶或烤土司，總是讓我睡得不夠安穩。

終於小蜜認同了早餐偶爾也應該在外面吃。

這天早上因為下雨，我捨不得女兒騎單車上學，於是答應載她去上學，路上我們在一家中式早餐店吃早餐，我們點了兩杯豆漿、兩份蛋餅。

小蜜一邊吃早餐一邊告訴我因為轉學的關係，數學好像跟不上進度。

「國中數學不會很難啊！努力練習就會了！」前一天晚上我看過小蜜的參考書，國中數學對現在的我來說有點難，畢竟高三以推薦甄試考上大學後就完全沒有碰過數學了，但我國中的時候數學還不會造成我太大困擾。

「反正我就是數學白癡，沒有用的廢物啦！」小蜜嘟起嘴，自暴自棄地說道。

「沒有什麼廢物的說法，每個人都是有用的！」為什麼我得要這麼嚴肅的說話呢？因為我也算是到了長輩的年紀了……

小蜜索性不理我，低頭繼續小口小口咬著蛋餅。

然後早餐店的老闆提了一大袋東西出去，丟在店門口引起了小蜜的注意。

「……把拔，那是什麼東西？看起來好像是麵粉。」

「那是豆渣，煮豆漿剩下的殘渣，所以老闆拿出去外面丟。」我跟小蜜提起以前我小時候一家人跟她曾祖父、曾祖母一起住的時候，她曾祖母會浸泡黃豆，然後把泡了一整夜的黃豆綁在長板凳上，用大石頭來壓榨豆汁、製作豆漿。

「那哪天我們也來煮豆漿喝？」小蜜眼睛一亮。

「這可就有點難了！」拜託，小蜜！不要把你把拔當成無所不能的大廚師，我只是一個中文系博士班還沒畢業的宅男把拔！

「哼！不過把拔剛剛說沒有什麼廢物的說法……那豆渣不就是廢物了嗎？」

「那也不算是廢物啊！」

「可是被丟在地上了……」

「應該還可以用吧？」我的語氣有點猶豫，小蜜大概聽出那沒有自信的語氣，默不吭聲。

的確在這個物質堪稱豐富的社會，豆渣幾乎沒什麼用處了。

但我得為我數學不好的女兒證明豆渣也有用處，鼓勵她不要把自己當成數學白癡才行！

離開早餐店前，我想向早餐店老闆買那一大袋豆渣，老闆狐疑看了我一眼，很慷慨地把一袋七、八斤的豆渣送給我。

小蜜也一臉好奇地望著我，透過眼神詢問我拿這一大袋豆渣做什麼，但是我什麼也沒說。

送了小蜜去上學後，我心想豆渣是壓榨豆漿剩下來的東西，應該可以直接吃吧？於是伸手挖了一掬來吃看看。

一點味道都沒有，而且澀澀的。

但我心裡就有了想法。

今天只有一門大一國文的兼課，我先去超市買了一些食材，然後下午在科技大學上完課後就回到房間擺弄那一大袋豆渣。

首先裝了兩個碗公的豆渣出來，用小鍋子將五、六片豬肉片煮熟，將水拿去浴室倒掉，再打開一罐玻璃瓶裝的泡菜罐頭和豬肉麵一起醃泡。

然後用大鍋子煮開水，丟下兩塊雞湯塊將水煮開，等水滾後把兩碗公的豆渣倒進大鍋裡續煮，這時候豆渣已經有了雞湯的香味，我又在豆渣裡加了點鹽、桂皮和麻油調味。

拿小湯匙初嚐了一口，豆渣已經有一些雞湯的甜味和麻油的香味了！但吃起來還是有些澀。

因此用泡菜的重口味去壓抑那種口感是很正確的。

眼看小蜜放學時間快到了，我得去接她回家，於是我將先電磁爐轉到保溫的火力就出門了。

等小蜜回家雞湯的香味更濃郁了，她一打開房門，就聞到滿室雞湯的香味！

小蜜哇地一聲，然後開心地對我說道：「把拔，你今天煮什麼？好香哦！」

「你等一下就知道啦！」

我把擺放在一旁的泡菜、豬肉片豪邁地倒進保溫中的大鐵鍋裡，將電磁爐轉為中火加熱。

然後洗了一下砧板，切了一些蔥花和不太辣的紅辣椒，又撿了三顆大蒜剁碎，通通丟到鍋子裡，等了半分鐘左右就將電磁爐關掉。

「這是什麼？稀飯嗎？」小蜜探頭看見淹沒在泡菜下面白白黏稠狀的東西。

「是……豆渣！這是把拔特製的泡菜豆渣鍋喔！」

「豆渣？豆渣可以吃嗎？」小蜜露出疑惑的表情。

我為小蜜裝了一碗，小蜜朝碗公裡吹了口氣，舀了一小湯匙試味道。然後她眼睛亮了起來：「味道很好耶！」

那是當然的，有雞湯的香甜、泡菜的酸辣，又有桂皮、鹽、麻油和蒜頭調味！味道當然不錯。

我對小蜜說：「所以即使是被早餐店老闆不要的豆渣，它也不是廢物，也可以透過我們的努力變成好吃的晚餐！所以你的數學……」

「好啦！我知道把拔要說什麼了！人家即使是數學白癡，也可以努力稍微拿到更好的成績啦！」小蜜甜甜地說道。

食譜05

1 將泡菜和煮熟的豬肉麵一起醃泡，使豬肉片入味。
2 用雞湯塊將豆渣加熱。
3 適量於豆渣內加入麻油、桂皮或鹽、醬油等調味料。
4 把泡菜和豬肉片倒進豆渣鍋內。
5 可用蔥花、蒜末、辣椒末等裝飾。

RECIPE 6

山粉圓

這天晚上小蜜要求我帶她去市區找手工藝材料店，去買她們家政課要用到針線和填充用的棉花，似乎要縫什麼小布偶、小狗熊之類的東西。

手工藝材料店？這是我平常都不可能注意的商店，但為了女兒只好開車在竹南市區到處找，繞了半小時，在市場旁邊有一家規模看起來很大的文具行，小蜜試著走進去詢問，幸好這家文具行也兼賣一些手工藝用品。

我這老爸才終於完成了女兒交代的功課，父女兩人鬆了口氣。

從文具店走出來，小蜜看到一輛貨車掛著黃色燈泡，在瓦楞紙上寫著大大的字「山粉圓」，她抬頭問我：「把拔，什麼是山粉圓？山粉圓跟粉圓一樣嗎？」

「山粉圓啊？當然跟粉圓不一樣，我覺得比粉圓更Q一點。」

我們父女牽著手經過那貨車旁邊，小蜜停下腳步好奇張望一下車斗上的商品，咦地一聲：「把拔，你不是說山粉圓很Q嗎？看起來怎麼像種子？」

「那要加水煮過才會QQ的，我們買一些回家煮好了。」

「真的可以嗎？好想吃吃看哦！」小蜜眨眨眼，一副期待的神情。

我買了一斤的山粉圓，一斤八十元，比起中部來說，這樣的價格稍微貴了點。

小蜜提著自己的家政課材料和一斤的山粉圓，另一手讓我牽著，然後她問我：「把拔，你什麼時候吃過山粉圓？奶奶煮給你吃的嗎？」

「把拔第一次吃到山粉圓，是跟你叔叔在很小的時候在草屯山區的不知道哪個地方吃到的……」我努力在腦海裡搜索有關山粉圓的童年記憶。

「啊？為什麼？」

「大概是我小學四年級，你叔叔小學三年級的時候，那年暑假……你爺爺奶奶送我們兄弟兩去參加夏令營，遊覽車把我們載到草屯的某一個山莊去，有一個活動必須要走出山莊，輔導員帶我們一群小孩走了好遠的路，天氣很熱，我們又沒帶水壺……後來，我和你叔叔看見路邊有人在賣汽水和山粉圓，汽水一瓶二十五元，山粉圓一杯十元，我和你叔叔就湊了零用錢各買一樣，然後互相交換喝。」我仰起頭看著竹南的夜空，記憶裡，在我小的時候南投山區的夜空是星光燦爛呢！

「我還沒有見過叔叔呢！」

「你現在跟把拔住，哪一天把拔帶你回爺爺家，如果叔叔也回去，你就能見到了！」

「那時候我們也煮山粉圓給爺爺、奶奶還有叔叔吃好不好？」

「好啊！不知道你叔叔還記得我跟他第一次吃山粉圓的情況嗎？那時候我們覺得山粉圓好好吃！超Q又有點透明，我和你叔叔就用剩下的零用錢買了一大袋山粉圓當作土產帶回家。」

「可是如果那麼好吃，為什麼到處都很少看到呢？」

「因為山粉圓好像是中部山區的特產，其他地方比較少看到。」

「那我們今天能買到，算是很幸運的囉！」小蜜相當喜悅地說道。

「說不定呢！」我們父女兩走到了停車的地方，小蜜催促著我趕快回家煮山粉圓。

山粉圓的煮法相當簡單，山粉圓和水的比例大約一比十，把水煮開後，加入山粉圓煮三到四分鐘熄火，不宜煮太久，煮太久會太爛，等熄火後加上適量砂糖調味。

小蜜全程緊盯著山粉圓的黑色種子在熱水中翻滾，不一會兒山粉圓的黑色種子吸水產生透明的膠質膨脹，我在心裡度計著時間然後叫小蜜把電磁爐關掉，小蜜說好像變魔術，黑色的種子產生魔法泡泡了。

我要小蜜去冰箱拿砂糖順便拿了製冰盒裡的冰塊倒進山粉圓當中降溫。

不久我們父女兩就在夏夜中品嚐這道消暑的聖品，屬於我某一年暑假的味覺記憶。

「把拔，好好喝哦！真的超Q耶！」

「嗯……」

我想念起那年夏天和我弟弟在草屯山區參加夏令營時，和隊友們趴在地上用蠟筆畫隊旗的情景。

我想念起那年夏天和小蜜她叔叔在森林裡看見大白斑蝶、大鳳蝶、無尾鳳蝶、紫斑蝶和鍬形蟲的景象。

還有一條青蛇在竹林裡滑過我們那幾天恐懼的邊緣。

小蜜，不知道這碗山粉圓會給你的未來帶來什麼樣的味覺記憶呢？

但希望你跟把拔生活的這段日子對你來說是快樂的。

食譜 06

1 山粉圓種子和水的比例是一比十。
2 將水煮開後丟下山粉圓，三分鐘左右熄火。
3 依照個人口味，可加砂糖、冰糖或檸檬原汁調味，冬天可熱飲加薑片。

RECIPE 7

筒仔米糕

小蜜在整理我們房間時發現了好幾個鐵製的小筒子，差不多布丁模具般大小，卻又不似布丁的形狀，她問我：「把拔，這些鐵的小鍋子是做什麼用的？」

「那是做筒仔米糕用的筒子。」我坐在電腦前整理論文資料，轉頭看了她手上揚起的小筒，如此回答她。

「為什麼會有這個？」小蜜啊一聲地恍然大悟，她叫道：「把拔是臺中清水人，有賣米糕哦？還是去什麼清水米糕店偷的？」小蜜說到最後自己笑出來。

「不是啦！是前一陣子我肝指數有點高，你奶奶用這小筒子熬蜆精冰凍起來讓我拿回苗栗，每天用電鍋蒸一個來喝。」女兒笑我是小偷，我是不是該假裝生氣啊？可是我還沒有什麼當爸爸的權威，而且現在忙著打論文。

「啊？把拔肝指數太高？現在呢？」女兒露出有些擔心的表情。

「現在還好。」

「把拔以前在清水時常吃米糕嗎？」

「長大以後就很少吃了，你有吃過清水的米糕？」我停下手邊的工作，挪了挪椅子看站在浴室門口旁整理放了一架子廚具的小蜜。

「沒有……有跟媽媽去彰化時看過路邊有連鎖的米糕店，不過我沒有吃過清水的米糕。」小蜜情緒有些低落地搖頭，她說：「我有google過把拔老家清水，高美濕地、高速公路的清水服務區都很漂亮……」

「過幾天我們回清水好不好？你爺爺奶奶也一定很想看你。」說起來也真是我不好，小蜜她爺爺奶奶只見過自己的孫女兩次，都是在很小很小的時候，其中一次還是他們自己驅車前往雲林探望剛出生的小蜜。

「好啊！那我們一定要吃清水的米糕哦！」

我突然發現一件事情，我剛剛在電腦前處理的工作……

我有點尷尬地對小蜜說道：「啊……可是，嗯？小蜜，把拔這一篇小論文下禮拜一要Email給對方學校，可不可下禮拜再說？」

「哼！大人都這樣，媽媽也是這樣，常說話不算話！」小蜜有些不高興，索性不再整理房間，挪開放在餐桌上的電磁爐再讀一本從圖書館借來的小說。

「小蜜，功課做完了嗎？」

「做完了……」

原本還想叮嚀一下成績比較不好的數學是不是要拿參考書出來多練習一下，但聽小蜜的語氣明顯不高興，也只好暫時做罷。

我不想當一個說話不算話的大人，隔天早上小蜜去上學後，我看著小蜜昨晚整理的鐵製小筒子發楞了一下，心想今天晚餐就來做米糕好了。

雖然我是清水人，可是我從來沒有自己動手做過米糕。印象中小時候我媽媽曾經做過一次，那時我和弟弟很興奮地在廚房打轉，想看自家做的米糕是什麼樣子。

米糕，是用長糯米去蒸的。

自從小蜜搬來跟我住以後，我房間裡的食材和佐料備品都日漸充足，但糯米這東西我房間還真的沒有，利用短暫下課空堂的時間，我到附近的雜貨店買到了一小包糯米，然後回家先洗淨用水浸泡。

把糯米泡水後我又趕回去科大上「大一國文」，近三個小時後回到家，糯米也差不多泡軟了，從冰箱拿出五花肉切成薄片狀（這對以前的我來說有點難，但最近為了煮晚餐給小蜜吃，我的刀法進步很多）然後醃製，把四朵香菇泡軟切絲、一點點蝦米同樣泡軟……

用雞湯塊煮速成的雞湯，加上蔥、薑、酒、鹽調味成一鍋香氣四溢的高湯。

接著沒有抽油煙機的我又把窗戶打開，用電扇代替抽油煙機往外吹；熱油鍋、爆紅蔥頭，分別把糯米、香菇、蝦米和五花肉片炒香。

我思索回憶著童年時母親做筒仔米糕的樣子，恐怕媽媽並不是這樣做的，調味、過程步驟肯定都亂了。

但香味似乎還不錯？我如此沾沾自喜地用烤肉刷沾了沙拉油擦了一下小鐵筒仔，洗乾淨手捏著五花肉片放進筒仔底部，然後放蝦米、香菇，把米填到每個筒仔裡約七分滿，接著注入高湯，一個個裝滿糯米和高湯的筒仔，整齊把它們放進擺放在地上的大同電鍋，按下開關。

接下來就等小蜜回家了。

半小時候小蜜騎單車回來了，她今天稍晚，晚了約二十分鐘，不過剛好回到家時電鍋跳起來不久。

「把拔，今天晚餐是什麼？聞起來好香哦！」小蜜用力聞著電鍋傳出來的味道。

「你打開就知道啦！」我露出得意的表情，我想其中也有父親慈祥的笑意。

屋子裡真的很香；其實電鍋半小時前就傳出很濃郁的香味，住套房又自炊就是有這樣的壞處，食物的香味混合在滿屋子的書堆中，叫我得一邊嚥著口水一邊讀書寫論文。

小蜜丟下書包，蹦蹦跳跳地跑到電鍋旁邊蹲下來打開。

「哇！是米糕，是清水米糕耶！把拔去買的嗎？」

「什麼去買的？把拔自己做的。」我瞪了女兒一眼。

「好厲害！把拔果然是清水人，我們現在可以吃了嗎？」小蜜開心地眼睛都笑了，瞇成一直線。

看著女兒開心的笑容，做爸爸的忙了一天也稍微有些欣慰，我連說：「可以……呃，等一下！先洗手，順便幫把拔洗一小把香菜出來，還要淋一些醬油調味。」

「把拔，清水米糕真的好好吃哦！這是你們清水的特產小吃對不對？」小蜜捧著她媽媽大學時用過的那個碗，碗裡剩下一個半的米糕，那香菜和醬油被米糕的熱氣炊出了香氣，真的是令人食指大動的味道。

「是『我們』清水的特產小吃。」我糾正了小蜜的用詞。

「是的，把拔！是我們清水的特產小吃！」小蜜乖巧地修正並重複了我的話。

看著小蜜吃我做的米糕，我就想起我的童年，我和弟弟穿著短褲、拖鞋，一個被爸爸牽著、一個被媽媽牽著，走在清水街上，去那小吃店吃米糕的情景。

那對我來說，是幸福的味道。

對小蜜來說呢？米糕、米糕在你的印象裡會是什麼樣的味道？

食譜07

1長糯米洗淨泡水三個小時。

2 雞湯塊煮速成的雞湯，加上蔥、薑、酒、鹽調味成一鍋香氣四溢的高湯。

3 用紅蔥頭拍碎爆香，接著分別把糯米、香菇、蝦米和五花肉片炒香。

4 用刷子將筒仔刷上沙拉油或豬油，裝肉片等佐料進去，最後填上糯米，蒸過。

5 撒上香菜，淋上醬油或醬油膏。

RECIPE 8

雞蛋粥

天氣逐漸熱起來，小蜜的學校老師宣導同時開冷氣和電扇，可以有效節省冷氣運轉的電費，因此小蜜回家也告訴了我這樣的觀念，睡前不但開了冷氣溫度設定在二十八度，同時也開了電扇。

其實報紙新聞及網路上網友也分享了這樣的觀念，但小蜜總是把老師的話當成金科玉律的名言，讓我想起了小時候從學校裡聽到老師講什麼也常會回家跟媽媽炫耀，總是老師說、老師說的……幾乎忘記了我媽媽也是國小老師，小孩總是會這樣，彷彿是告訴家人我今天有在學校裡學到東西喲！

不過昨天小蜜睡前說為了讓把拔也能吹到電扇，調整電扇的方位不小心讓她整夜吹著電扇，今天早上起床有些慵懶，小臉盜汗撲紅。

然後我聽到她咳嗽的聲音。

「小蜜，你感冒了嗎？」早上六點初，女兒的咳嗽聲比鬧鐘還有用，頓時驚醒了我。

「好像有點感冒……」小蜜的聲音有點沙啞，講完又輕咳了幾聲。

我急忙掀開薄棉從地上爬起來，坐在床邊撫摸小蜜的額頭，感覺有些發燙，是感冒了，啊，是感冒了，而且應該還在發燒。

「你再睡一下吧？把拔幫你打電話給老師請假，睡到八點，把拔帶你去看醫生。」我扶著女兒的肩膀要求她再躺下休息。

「嗯……」小蜜很乖地躺下，我從沒有照顧過生病的小孩，楞了一下才去冰箱拿冰塊，把冰塊裝在塑膠袋裡再拿一條毛巾包著，放在小蜜發燙的額頭上權充冰袋。

我打了電話跟小蜜她級任老師請了病假，上網查了一下這附近的醫院診所，等到快八點左右就開車帶小蜜去看醫生。

在診所護士量了小蜜的體溫，三十八度，果然發燒了！醫生開了藥囑咐她要好好休息，不能將電扇直接朝床頭吹。看著小蜜病懨懨的樣子，我想到小蜜她媽過去也是這樣照顧小蜜，小蜜從小到大多少有些病痛，可是我不能分擔照顧小孩的責任，想起來就為小蜜、小蜜她媽感到一陣心疼。

回家的路上，我特別驅車開過科大附近的早餐店，詢問小蜜：「你今天早餐想吃什麼？」

小蜜軟弱無力地搖搖頭：「我不想吃東西。」

「不想吃東西怎麼行，生病就要吃營養一點，身體才會好起來。」突然覺得我講的這句話聽起來很耳熟的樣子。對了！就是小時候我媽媽在我生病時總是這樣對我說話。

「可是人家就是不想吃嘛！」小蜜輕聲撒嬌說道。

「要不要吃乾麵？」

「為什麼我要吃乾麵？」小蜜楞住了，過一會兒才反問我。

對啊？為什麼我要在小蜜生病時突然問她要不要吃乾麵？

我回想了一下，就因為我是臺中清水人，很多清水人的早餐就是米糕、乾麵和肉羹湯，而比起米糕，我更愛添加了肉燥和各家小吃店獨特醬料的乾麵，小時候生病躺在醫院裡打點滴，在醫院裡不方便煮東西，爸爸媽媽總是會去買一袋香味四溢的乾麵讓我解饞。

因此在小蜜生病的早上，我就突然想起了乾麵的味道。

病人應該吃稀飯才對，好像不管是感冒啦、腸胃炎之類的，稀飯才是正確的食物。

如果是我或弟弟生病在家休養時，我的媽媽和奶奶也會煮稀飯給我們吃。以前我讀大學腸胃炎過後，小蜜她媽媽也曾煮稀飯為我補充營養……

我轉動汽車方向盤離開科大附近的早餐店門口，對女兒說道：「昨晚還有些剩飯，等等把拔回家煮稀飯給你吃。」

「人家不想吃嘛！」

「一定要吃，不然怎麼吃藥？」

回到我們租賃的那棟三合院裡的套房，我先讓小蜜躺下休息，幫她蓋上薄被又重新把冰箱裡的冰袋放在她額頭上，我這個第一次面對孩子生病窘境的把拔站在小冰箱前面檢視冰箱還有哪些東西可以跟稀飯一起煮。

這時候應該煮個雞蛋粥吧？

比較營養，可是除了雞蛋還可以添加什麼呢？

有人說烹飪就像繪畫一樣，繪畫需要將不同顏色用創意的巧思分配在畫布的每一處而成就其藝術，烹飪同樣是把食材、調味料經過巧思組合成飲食的藝術，如今……我正是站在冰箱前面選擇我所需要的藝術材料。

剩飯、雞蛋、鹽巴、醬油、柴魚片、蔥花、胡椒粉和小魚乾……我隨手挑選了這幾樣東西放在桌上。

把一碗昨夜的飯放在鍋內，用冷水淹過，電磁爐以小火加熱，用筷子把糾結成一團的冷飯打散。

等米飯散開成濕軟的樣子時，改以中火快煮讓鍋中水分收縮。撒上小魚乾繼續加熱，然後關小火，打一個蛋到稀飯裡去，用湯匙將蛋打散，不斷攪拌均勻，讓稀飯呈現鮮美的鵝黃色。

當稀飯香味盈滿斗室時，加一點點鹽，盛入碗內。

在碗內撒上柴魚片和蔥花，用胡椒粉和三、四滴醬油引出最後的香味。

食慾不振的小蜜聞到滿室的香味也忍不住露出甜蜜的笑容，對我說道：「把拔，好香哦！」

「小蜜，你會煮東西嗎？」我把雞蛋粥端到床邊，然後詢問她。

「不會，馬麻都直接給我錢去買吃的。」小蜜搖搖頭。

「小蜜，你可以不會煮飯，可是……關於煮稀飯的方法你一定要學會。」我溫柔地對小蜜說道。

「為什麼？」小蜜看我端來稀飯，掙扎地從床上坐起來，疑惑地看著我。

為什麼一定要學會煮稀飯？

我想到我的媽媽、我的奶奶，想到大學我得腸胃炎的時候，小蜜她媽媽……

食譜 08

1 將冷飯煮成稀飯。
2 放下配料續煮，除了小魚乾也能放進豬牛羊之類的肉塊，但須切成小塊易熟方便食嘛。
3 把蛋打入稀飯中，攪拌均勻。
4 依照自己喜愛口味調味。

RECIPE 9

蛤仔麵線

小蜜感冒了，我得好好思考應該給病人吃什麼？

如果是我生病感冒，我會吃什麼呢？

開玩笑，如果能吃便當就吃便當、吃牛肉麵、吃小火鍋或漢堡，一切以方便為主就好，但我的爸爸媽媽如果聽見我還這樣吃，肯定會皺眉頭的。同樣，我也不會讓小蜜在生病時隨便吃一些東西，這就是當爸爸、媽媽的堅持吧！

昨天三餐都吃稀飯的小蜜，吃過了小魚乾雞蛋粥、牛肉雞蛋粥到羊肉海鮮雞蛋粥的她肯定不會想再吃稀飯了。麵線好像對病人也是蠻適合的食物，我想起有一次很小的時候感冒發燒，就睡在老家三合院那爺爺奶奶的主臥室，整天迷迷糊糊的，睡到「不知有漢，無論魏晉」，也不知道什麼時候奶奶就端了一碗大腸蚵仔麵線給我吃。

那是我第一次吃大腸蚵仔麵線，軟Q濕滑的溫熱味道，幾乎震撼我的味蕾，吃了半碗感覺病就好了一半。

我詢問躺在床上休息的小蜜：「你要不要吃麵線？」

「豬腳麵線？我不想吃……」小蜜搖搖頭。

「不是啦？」

小蜜轉念想了一下，改口問道：「蚵仔麵線嗎？好……」

「我是很想煮蚵仔麵線啦！可是我們家冰箱沒有蚵仔……」鮮蚵是一種很容易腐敗的海鮮，如果我沒有去逛市場就很難買到，而且小小一包就要上百塊，其實蠻貴的。

其實麵線煮熟撈起來後加一點辣油或麻油就很好吃了，但對一個病人來說這樣吃好像不太營養，我打開冰箱翻找了一下，昨天下午買的一鍋蛤仔還有半斤，我詢問小蜜：「給你煮個蛤仔麵線好了？加一點小白菜、一個水煮蛋……」

我看小蜜點點頭就自己忙碌了起來。

先切細薑絲，把吐了沙的蛤仔和薑絲放進在卡式爐上的鍋子快火熬湯頭，適度加上鹽和酒調味，然後用電磁爐煮沸另一鍋水來煮麵線。

我第一次這樣煮東西，先是蛤仔張開殼熟了但麵線還沒煮好，我手忙腳亂地將卡式爐關小火繼續保溫，然後等麵線快熟了才想起要幫小蜜加個蛋。

小蜜喜歡吃半生不熟的蛋，我看水中滾的蛋黃稍微凝固了才熄火，麵線都熟爛的，我趕緊用大湯匙把麵線和蛋撈起放置碗公，濾淨了水，然後加入高湯，又撈了全部的蛤仔和一些薑絲到小蜜的碗裡。

然後……才想到應該燙點小白菜。

我趕緊又打開冰箱，抽出了幾莖小白菜葉，匆匆在浴室的水龍頭洗了一下丟進電磁爐上的湯鍋，稍微燙了一下就用筷子夾起，假裝很有技巧地「裝飾」在碗公的蛤仔麵線上。

然後拿著這碗麵線和筷子去把小蜜叫醒。

「好奇怪的麵線，第一次吃到蛤仔麵線呢！」小蜜揉了揉惺忪的雙眼，然後捧起這個碗公，用筷子夾了一下麵線，她說：「好像糊掉了！」

「是啊！把拔不太會煮湯的……」

「嘻嘻，而且不是用大腸蚵仔，真的很怪。」小蜜嘗了口湯，我是覺得湯還不錯，米酒和薑絲確實能讓人達到暖胃、暖身的效果，如果去查一下《本草綱目》，大概也能查到酒和薑對人的身體有益之類的條目。

「不要笑啦！你知道有一個有關『不用蚵仔的蚵仔麵線』的故事嗎？」我反問小蜜。

「什麼叫『不用蚵仔的蚵仔麵線』？」小蜜雙手捧著碗公，讓麵線的熱氣溫暖她的臉頰，一邊皺著鼻子問我。

「你知道把拔和媽媽大學都在花蓮讀的，這是把拔在花蓮聽到的故事……在日據時代，花蓮縣壽豐鄉的木瓜溪畔有一對老夫婦，雖然他們很貧窮卻相當恩愛，有一天其中的阿婆生病了，在床榻上突然懷念起年輕時在宜蘭『頭圍』這個地方吃過的鮮蚵，鮮蚵搭配麵線可是當時非常珍貴的食物呢！老頭子想了又想，麵線也許可以去借貸、去買，但不知道去哪裡弄到蚵仔，老頭子急壞了……他想了一天一夜，把原本的白頭髮又想白了……」

小蜜輕輕一笑，問我：「什麼叫『把原本的白頭髮又想白了』？」

「唉呀！就是更白了啦！你到底要不要繼續聽啦！」

「好啦！把拔，繼續……」小蜜好奇詢問：「他到底怎麼辦？」

「他啊？最後終於想出辦法來了，他去木瓜溪裡撈蛤仔，那時的木瓜溪還有好多蛤仔，他去撈了一些，然後讓蛤仔吐沙、燙熟之後，用小刀細細切開蛤仔的肉，用刀子和手指把蛤仔肉翻成近似蚵仔的樣子，他怕年紀大又生病的阿婆吃蛤仔不方便，不但把蛤仔殼剝掉，只留下蛤仔肉，又將一部份的蛤仔肉挖成空心狀，用酸菜梗串起來，和紅麵線一起煮……最後阿婆吃到這碗麵線，忍不住哭了！好久、好久沒吃過蚵仔麵線，還加了豬大腸……老頭子啊？你去哪裡弄來豬大腸的？」

我刻意學了老婆婆講話的聲音來說故事，感覺是有一些像啦！

「老婆婆把不但把蛤仔誤以為蚵仔，還誤會成豬大腸哦？」小蜜睜大眼睛直盯著我問：「這是真的故事嗎？這是大腸蚵仔麵線的由來哦？」

小蜜，其實我跟你說這個故事，不是要你去考究這是不是真的故事。而是想讓你知道，所有的食物都可能是締結我們人與人之間友善親密關係的橋樑，雖然把拔把麵線煮得稍微糊了！不過這還是代表……把拔愛你。

希望你早日康復。

食譜
09

呃……這道料理我煮得亂七八糟，還是不提供作法比較好。

RECIPE 10

蛋炒飯

我兼了三所學校的大一國文課，其中有一所學校還遠在南投，是下午的課，所以每星期有一天我必須開車走國道三號從大山交流道南下至南投來回，因此這天小蜜如果堅持不浪費錢外食，就只能選擇自己煮或等我回家。

但小蜜不會煮東西吃，所以她如果真的餓了只能從泡麵和餅乾當中做選擇。

這一天我從南投回來時，小蜜自己已經吃了餅乾，當我回來準備煮飯時，小蜜她說她已經吃飽了。我並不是規定小鬼不能吃零食當正餐的呆板老爸，因此她說吃飽了就吃飽了吧？

可是沒想到晚上十點多時，小蜜跟我撒嬌說：「把拔，人家肚子餓了！」

「誰叫你晚餐只吃餅乾？」我在忙著準備明天上課的教材，一邊瞪了女兒一眼。

「可是……好餓哦……」小蜜把尾音拉得極長。

「我看看冰箱還有什麼？」我嘆了口氣放下手邊工作，打開冰箱。

冰箱裡最顯眼的是一鍋冷飯，和半盤晚餐隨便炒的高麗菜。晚餐因為小蜜不吃，一個人又恢復了隨便亂煮、隨便亂吃的晚餐。

吃飯這件事，真的要兩個人以上才覺得不寂寞呢！尤其吃宵夜得多一點人吃才熱鬧……

吃宵夜這件事，好像是年輕人做的事情，我讀博士班以後，除了晚餐沒吃的時候，不然幾乎沒有吃宵夜這種壞習慣。

「來炒蛋炒飯好了！」因為晚餐的剩飯很多，剩飯可以跟高麗菜一起炒，蛋炒飯就是一道可以把冰箱的剩菜清空的神奇料理，青菜、魚肉、豬肉料理通通可以把它倒進白飯裡熱炒。

在我和我弟讀高中的時候，我們有一段時間都住在清水的家裡。弟弟半夜有時肚子餓會問我：「哥，你要吃蛋炒飯嗎？我要去炒飯。」當然有時候他會問，哥，你要吃麵嗎？我要煮麵……

但比起有媽媽味道的乾麵肉燥，我弟弟他的蛋炒飯可是比外面的什麼「炒飯大傳奇」、「炒飯大王」、「炒飯大胃王」之類的炒飯名店還好吃，有時我真埋怨我弟為什麼要去讀機械系後來到工業園區去上班，如果他讀個餐飲科開一家炒飯館，可能現在他已經是好幾家餐廳的老闆了。

文學可能有虛構的成份，但關於我對我弟弟廚藝的認識與書寫，卻保證真實……

我曾仔細地去研究學習我弟的炒飯技巧，就站在瓦斯爐旁邊當廚師助手，幫忙切肉、切菜，遞食材。

小蜜他叔叔的蛋炒飯藝術可是天馬行空，無跡可循。通常家裡冰箱有許多晚餐吃不完的菜，炒四季豆、金針花、豆乾、秋葵、地瓜葉炒肉絲、燙花椰菜……但我這個天才弟弟總會挑選出最適合炒飯的食材出來，有時我問他豆乾可不可以炒進去？

我弟說不行，豆乾炒飯很奇怪。

但有時我問他，豆乾不能炒飯吧？他卻又說，可以啊！炒炒看，哥，你再幫我切一些瘦肉，要長條形的。

我完全搞不懂我弟的想法，但他的蛋炒飯簡直是食神炒出來的美味。我很愛吃蛋炒飯，蛋炒飯要炒得粒粒金黃香酥，我高中在臺中市區唸、大學在花蓮、博士班讀逢甲，現在在苗栗教書，跑遍大半臺灣，吃過無數店家的蛋炒飯，從來沒有吃過比我弟弟炒出來更神奇、更美味的炒飯。

後來，我歸納出我弟蛋炒飯所使用的神奇佐料，蔥、薑、蒜。

只要熟練使用上述三種蛋炒飯至寶，平凡的蛋炒飯也會變得美味無比。

蛋炒飯很簡單，先把冰箱的冷飯、冷菜端出來。

因為冰箱裡的剩菜只有高麗菜，因此我又切了一些豬肉絲備用。

然後將三種蛋炒飯神奇至寶洗淨切段，用刀面拍打大蒜成蒜末。

開始熱油鍋炒蛋，蛋不能炒熟，差不多半熟就可以撈起，洗油鍋，先炒肉絲，肉絲炒得稍微白嫩的時候加上晚餐的高麗菜續炒，再把一人份冷飯倒進鍋內，接著掌握時機把炒蛋加到飯裡炒均勻，然後淋上適量的醬油，讓顏色和香味都更吸引人。

神奇的炒飯三至寶這時也加入鍋中。然後我發現我剛炒飯時忘了開窗戶和電扇，讓電扇把炒飯的油煙往外吹，現在整個房間都是蛋炒飯的香味。

「把拔，好香哦！」小蜜說道。

「快把窗戶都打開，我的書都沾到油煙味了。」我皺了一下眉頭對小蜜說道。

小蜜急忙去開窗戶，窗外的農地裡傳來夏夜草蟲的叫聲。

夏夜的蟲鳴，是童年的聲音啊！

小蜜，你知道嗎？蛋炒飯是我跟你叔叔很久以前，很年輕的時候，晚上的美味宵夜……

食譜
10

1 蛋炒半熟，撈起備用
2 將炒飯食材依序放入油鍋炒熟。
3 加入冷飯及蛋炒拌均勻。
4 加入醬油、蔥、薑、蒜調味。

RECIPE 11

巧克力奶油楓蛋糕

小蜜的數學考差了，竟然不及格！

考卷上大大的紅字寫著四十七分。

想當年我讀國一時（相較現在叫國中七年級），我的數學至少都在八十分以上吧？小蜜真不像我，大概像她媽媽……呃，她媽媽大學是讀商科的，理應數學比我好才對！

不管怎樣，因為我們父女住在狹小的套房裡，小蜜的考卷沒地方藏而被我發現了！我看到這張考卷，倒也沒生氣，只是把小蜜叫來。

「小蜜，你的數學有點糟糕喔！」我調整我的語氣跟小蜜講話，如果學生國文小考考差了、作業空白，身為一個溫和有禮的通識課兼任講師，為了這學期期末的教學評鑑、為了下學期的聘書，我絕對不會對學生生氣。

可是對待自己的女兒小蜜就不一樣了，我該做出什麼樣的表情？該用什麼樣的語氣說話呢？

我覺得有點好笑，一次的數學考試考差了不會影響到小蜜的人生。說真的我沒啥好生氣的，可是如果又一次、又兩次數學考差了，小蜜因此對數學沒有信心，甚至對其他科目也失去興趣，那就不好了。

我第一次板起爸爸的臉孔，雙手環抱胸前對女兒說話。

「……是老師太龜毛，我這一題答案正確，只是計算過程有問題，老師就給我全錯，這一題十分耶！如果老師給我對了！我就五十七分了！」小蜜指著數學考卷上其中一題計算題，羞紅著臉對我說道。

「那你還是不及格啊！而且數學的計算過程也很重要，計算過程錯了！老師怎麼知道你是不是亂猜、猜對的？」國中數學已經離我很久了，身為一個讀中文系畢業的人，高中以後就沒算過數學，但此刻仍然要跟女兒一起對這數字運算斤斤計較。

「反正答案對了就好嘛！而且上面這一題……我只是小數點沒寫出來，所以上面這一行算式算錯了，不然也應該對的。」小蜜跟我撒嬌說道。

「小蜜，即使是很基本的學問，都必須很嚴肅地去面對啊！一點點錯都不可以……如果科學家運算衛星運行軌道的公式隨便算，很貴、很貴的衛星可能沒辦法繞地球運轉，剛發射就掉下來也不一定，那不是很危險嗎？」我試著舉例向小蜜解釋我的想法。

「人家又沒要當科學家，我不想從事數學有關的工作。」

「那你想做什麼？」

「人家想一直陪把拔……」

面對這嬌憨可愛模樣的女兒，我一時也不知道怎麼辦，於是就決定趁我一日沒課的下午，用「食物」來教導她。

我決定烤「巧克力奶油槭楓蛋糕」。

製作甜點和一般作菜不一樣，例如炒小白菜，這麼簡單一道菜，我們可以依個人口味和心情，多加點鹽或少點鹽，口味重還可以加醬油，用蒜頭爆香，不加醬油改用蠔油也頗有味道，嗜辣者也能加上辣椒末、辣油或辣椒醬。

一百種心情就能創造出一百種不同口味的炒小白菜。

但製作甜點卻需要有精確的程序和計量。

雖然甜點只是正餐之後或之外的小點心，但它的食材種類相當多，不同的甜點有不同的作法，每種食材要處理的程序、溫度、濕度或時間必須非常精確，對於糖、可可粉、香草粉之類調味料的計量要細微而準確地以公克計量，一不小心弄錯了一點點小步驟，整道甜點就毀了。

或者味道都正確了，但配色、形狀沒有什麼美學概念，感覺起來也會變成很難吃。

我決定烤兩個巧克力槭楓蛋糕給小蜜吃，一個隨隨便便不按照「秘傳」食譜上的計量來做，一個則規規矩矩按照食譜烤的，讓小蜜比較出兩者的差異。

做巧克力奶油槭楓蛋糕也不會很難，準備好奶油、鮮奶、低筋麵粉、雞蛋兩個、細砂糖、香草粉、鮮奶油、巧克力醬就可以了。

首先把五十克的奶油和一百五十克的鮮奶放在小鍋中，用小火煮至攝氏八十度關火，加上篩過的低筋麵粉，快速攪拌使之均勻，加入蛋黃和香草粉兩克。

雞蛋的蛋白則用打蛋器打出泡沫後，加上細砂糖，繼續快速攪拌使其均勻融化。然後取四分之一打出泡沫的蛋白加入第一步驟的鮮奶油中攪拌，然後才把剩下蛋白加入攪拌均勻，裝入烤盤紙中的烤盤內。

這時拿出好久沒用的烤箱，我先清理擦拭了一下烤箱中的灰塵，先讓烤箱以一百九十度的溫度預熱，然後將烤盤放入，溫度稍降二十度繼續烘烤，烘烤十五分鐘後，視蛋糕的金黃程度續烤五到十分鐘左右。

等待蛋糕烤好的時間，將一百五十克鮮奶油、三十克巧克力醬、二十克細砂糖用打蛋器攪拌發泡後置入冰箱一小時，等蛋糕烤好了放涼以後，把這兩百克的巧克力鮮奶油放入塑膠袋中，挖一個小洞擠出奶油來裝飾蛋糕。

這是我學過的「巧克力槭楓蛋糕」正式作法。

但我另外做了「隨便做的巧克力槭楓蛋糕」，把剩下的奶油、鮮奶油隨便煮熟，加了「看起來」十幾克重的香草粉和中筋麵粉、低筋麵粉，然後加上一顆雞蛋用攪拌器隨便攪拌均勻就放入烤箱，烤蛋糕的時間依舊，烤了半小時左右。

然後直接用「看起來」差不多一百克鮮奶油和差不多一百克的巧克力醬裝飾蛋糕。

兩個蛋糕完成後，都放在冰箱等待小蜜下課放學回來。

小蜜放學回來後，我詢問她：「小蜜，我們今天晚餐吃蛋糕搭配紅茶好不好？」我真是奇怪的老爸，竟然用蛋糕和紅茶當晚餐。

「好啊！小蜜最喜歡蛋糕！」小蜜上了一天課回來，原本眼睛有些疲憊沒有光彩，但頓時眼睛一亮，欣喜萬分地回答我。

「是把拔自己烤的哦！」我端出第一個隨便做的蛋糕，樣子看起來不差，但麵粉就用錯了，一定超難吃。我不動聲色地要小蜜先去套房外面飲水機裝熱水泡紅茶，自己拿了菜刀切兩塊蛋糕放在盤子上。

小蜜拿著裝滿熱水的茶壺回來，隨手放了兩包紅茶包在茶壺裡，迫不及待用小叉子開始吃屬於她的蛋糕。

然後，我看她皺眉，沈默了兩秒鐘才跟我說道：「把拔，你烤的蛋糕好難吃，奶油沒什麼味道！而且蛋糕好硬也不甜。」

我笑了，小蜜是個誠實的女兒，難吃的東西就誠實地說難吃，一點也不給她老爸留面子。

「因為這是把拔隨便亂烤的蛋糕，沒有依照食譜配方做的，砂糖只加了幾公克，麵粉也依照印象隨便亂加，所以大概不太好吃。」我從冰箱端出另一個巧克力奶油檞楓蛋糕，切了一小片放在小蜜的盤子上。

「你吃這個試試味道？」

小蜜滿臉狐疑地吃了一小口，然後臉上笑容像陽光一樣綻開：「啊！這蛋糕好吃多了，不會太甜、也不會沒味道，剛剛好！而且蛋糕吃起來就像外面賣的一樣！」

「小蜜，烤蛋糕就像你算數學一樣，過程不正確、計算不精確，結果的『味道』就會變得完全不對！」我收斂起笑容，正色對小蜜說道：「把拔特別做這兩個蛋糕，就是要讓你知道，我們人生有些事就像烤蛋糕、製作甜點一樣，『差之毫釐，失之千里』，把拔希望你要注意數學的小細節、更要注意人生的小細節，不要讓自己人生像把拔做壞的蛋糕一樣，只有很壞的爛味道！」

小蜜捧著蛋糕，臉色黯淡了下來，低聲對我說道：「把拔，人家知道了！你不要生氣好不好？下次我數學會努力。」

看見小蜜似乎懂了，我輕輕摟住小蜜安慰她：「不只是數學，在你的生命當中，還有很多細節就像甜點一樣，把拔希望你的人生是一道又一道很美味的甜點……」

食譜11

1 首先把50克的奶油和150克的鮮奶放在小鍋中，用小火煮至攝氏80度關火，加上篩過的低筋麵粉，快速攪拌使之均勻，加入蛋黃和香草粉2克。

2 雞蛋的蛋白則用打蛋器打出泡沫後，加上細砂糖，繼續快速攪拌使其均勻融化。然後取四分之一打出泡沫的蛋白加入第一步驟的鮮奶油中攪拌，然後才把剩下蛋白加入攪拌均勻，裝入烤盤紙中的烤盤內。

3 這時拿出好久沒用的烤箱，我先清理擦拭了一下烤箱中的灰塵，先讓烤箱以190度的溫度預熱，然後將烤盤放入，溫度稍降20度繼續烘烤，烘烤十五分鐘後，視蛋糕的金黃程度續烤五到十分鐘左右。

4 等待蛋糕烤好的時間，將150克鮮奶油、30克巧克力醬、20克細砂糖用打蛋器攪拌發泡後置入冰箱一小時，等蛋糕烤好了放涼以後，把這200克的巧克力鮮奶油放入塑膠袋中，挖一個小洞擠出奶油來裝飾蛋糕。

RECIPE 12

菜脯餅

我們住處的三合院附近，有一戶農家在菜園裡種了一小片蘿蔔，當蘿蔔收成時，那農家裡的阿婆會在土地公廟前的水泥地上曬蘿蔔。

當小蜜放學騎單車經過注意到那滿地攤放整齊的蘿蔔時，白蘿蔔已經乾皺成微黃色的條塊狀，不太像蘿蔔的形狀。她從來沒有看過別人曬蘿蔔乾，因此晚上就很好奇地問我：「把拔，那廟前面曬得白白、黃黃的東西是什麼啊？」

「在廟前面……那是蘿蔔啊！」想了一下，我才給她正確的答案。

最近我發現我通常都是面對著電腦螢幕和女兒講話，為了早日拿到博士學位，我總是不斷地讀書、寫筆記，然後修改被指導教授批改得體無完膚的論文，所以總是背對著小蜜一邊敲打鍵盤一邊和她聊天，也許對小蜜來說，這就是「父親的背影」吧？

「啊？原來那就是蘿蔔喔？為什麼要把它曬在太陽底下，那不就不新鮮了嗎？」雖然背對著小蜜在電腦前修改論文，從小蜜的語氣當中我能想像到她稚嫩的臉上露出驚訝的表情。

「那是自古以來保存食物的一種方式，就是曬成蘿蔔乾、菜脯啊！你沒吃過？」現在的小孩真是的，他們腦袋中保存食物的方式大概就是冰冰箱。

「菜脯？有啊！當然有吃過，好像吃碗糕時會有一些菜脯和香菇。」小蜜恍然大悟，然後她又疑惑地說道：「可是那個曬蘿蔔的阿婆也要做碗糕嗎？」

「菜脯不只是可以撒在碗糕上面，也可以煎蛋、炒豆乾還有煮雞湯哩，你曾祖母是布袋見龍里這個地方的人，那邊很多人家都種蘿蔔，她從小就幫家裡曬蘿蔔、醃蘿蔔做菜脯到市場去叫賣哦！菜脯有蘿蔔的營養，又幫助消化、鹹香開胃、容易下飯，也有人稱菜脯是『窮人的人蔘』。」我停下敲打鍵盤的動作，轉過身來回想著當年小時候和爺爺奶奶住的情形，頗有感觸地對小蜜說道。

「曾祖母家在賣菜脯哦？」對小蜜來說，祖父、祖母就是相當陌生的名詞，更別說對她而言更遙遠的曾祖母了，她說「曾祖母」這個詞的時候有些生澀，讓我有些感傷地憶起我祖母生前那頭銀白的捲髮和滿是皺紋彷彿整個臺灣的苦難和堅毅都寫在臉上的臉。

「聽說以前是菜脯工廠，那種純粹手工洗、切、曬蘿蔔的工廠，應該叫做『手工作坊』比較適合吧？」我想了一下回答說道：「不過已經收掉了。」

「把拔你去過？」

「在我很小的時候，你爺爺奶奶曾和你曾祖母帶我和你叔叔去過一次，那時我大概才五、六歲吧！」

「我那沒有見過面的叔叔就更小了！」

「是啊！我弟當然比我小，他比我小一歲。」生活不是小說，偶爾父女間就是有些無聊的對話。

「下次帶我去布袋什麼龍見里！」

「是見龍里，你想去看你曾祖母住過的地方？」

「對啊！看曾祖母小時候曬菜脯、做菜脯的地方。」

「很抱歉，我最後一次去才五、六歲，我根本不認得路。而且那是上百年前的事了吧？滄海桑田，人事已非，住在那裡的人，即使和我有血緣關係，那也是相當淡薄，都不認識了！」我不確切我祖母在布袋曬蘿蔔到底是上百年或是七、八十年前的事，總之，很久了，久到只剩下模糊的惆悵。聽說年代越久的老蘿蔔乾越香、越好吃，但時間越久的記憶則越讓人感到迷惘的悵然。

「真沒意思。」小蜜噘起嘴說道。

正想藉著這個機會講點什麼，對女兒教育關於歲月或者家族認同之類的機會教育，但有人敲門了，是房東太太帶著鄰近農家的阿婆來訪，那個阿婆手上提著好幾大袋蘿蔔乾。

房東太太還沒說話，阿婆先說話了，她用閩南話對我說道：「劉老師，聽說你還在讀書又一個人養個女兒，感覺很辛苦。我最近曬了蘿蔔做成菜脯收成到處送人，你們房東說你也有在自己煮飯，所以也拿了一些來給你。」

阿婆拎起一袋蘿蔔乾遞給我，我連聲道謝心懷感激地收下了。的確和小蜜同住，伙食費和水電費都增加了、也不時要給小蜜添購文具、美勞用具或參考書，但我知道真正辛苦的不是我，而是過去把小蜜從小帶大的她媽媽。

送走農家阿婆和房東太太以後，我提著這大袋菜脯回到房間，關上門就聽到小蜜欣喜說道：「哈，把拔，我們才剛說菜脯，鄰居的婆婆就送給我們一大袋。」

「是啊！那老婆婆說看我們生活很辛苦，送給我們的。」我有些羞赧，身為一個還在讀博士的大學兼任講師，生活的確不怎麼好過。

「我們晚餐就來吃菜脯吧？啊！把拔，除了撒在碗糕上以外，菜脯可以做什麼料理啊？」

「菜脯蛋、菜脯雞、菜脯豬肉炒飯、菜脯胡椒醬肉、菜脯炒肉絲、菜脯炒豆乾之類的。」我腦袋裡很快地冒出了這些食物。我並不是大廚師，這些菜有些我都沒做過，但根據小蜜她祖母的名言，所謂一般家庭餐桌上的料理，都是把不同食材加以輪流搭配，然後以蒸、煮、煎、炒、炸、煨、燜等幾種方式弄熟並適當的調味而已。

「菜脯雞？菜脯炒肉絲？」小蜜朝我眨了眨眼睛，然後離開餐桌上的數學參考書去翻找冰箱，過一會兒，她轉頭對我說道：「把拔，我們沒有雞，我們家裡只剩下一小團豬絞肉了！」

「是嗎？」我不太擔心，畢竟如果不堅持吃菜脯的話，我們還有很多晚餐的選擇，而且還可以有一些奇怪的搭配，例如菜脯拌飯、菜脯肉燥麵、菜脯燙小白菜之類的。

然後，我就想到了「菜脯餅」，一般的菜脯餅都是用烤的，烤得酥酥脆脆。但我想做的是類似蔥油餅那樣，可以很快地煎熟填飽肚子的煎餅。我記得小蜜他祖母曾經用山藥泥這樣煎了好幾塊山藥餅給我和我弟當點心。

首先倒了兩小碗適合做麵包、鬆餅的中筋麵粉在大碗公裡，加水攪拌均勻成黏稠狀，然後熱油鍋把豬絞肉稍微煎一下，因為等等會加菜脯，菜脯本身有鹹味，所以豬肉就不必調味了。

稍微煎到發白的絞肉和適量菜脯攪拌均勻，再把麵團揉成一小團的球狀，用保鮮膜捲筒充當擀麵棍將麵團壓成餅狀，在麵團上酌量撒些絞肉和菜脯。

小蜜也充當助手，脹紅興奮的小臉捲起袖子幫我壓麵團。

壓好的麵團一片片放進平底鍋裡煎，油鍋裡冒出嗤嗤地響聲，白煙和香氣一起溢出，那是菜脯獨特的鹹香味道。

等到麵餅兩面都煎得金黃，就可以起鍋了。

我們煎了六塊菜脯餅，我和小蜜各三塊，小蜜又去泡了紅茶。紅茶和菜脯餅是我們今天的晚餐。現代人餐桌上似乎很少吃到菜脯，小蜜很高興吃到這麼特別的晚餐。

菜脯餅鬆軟黏稠，帶著菜脯的香鹹味道。

小蜜她是這樣跟我說的：「把拔，我想我長大以後，還會記得這菜脯餅的味道。」

當然，後來我們發現只是這樣吃不會飽，又煮了白飯配肉鬆。

更讓我感動的是，隔天早上，小蜜騎單車去學校前熱了前一晚的剩飯，用白飯包了菜脯做成飯團放在電腦旁邊，留了紙條也要把拔嚐嚐小蜜的菜脯早餐。

食譜 12

1 中筋麵粉兩碗，水兩碗混合攪拌成麵團。

2 100公克豬絞肉稍微煎到發白，和菜脯一起混合均勻。

3 將麵團壓成大小適中的餅狀，撒上絞肉和菜脯後下油鍋，煎至兩面金黃即可。

RECIPE 13

檸檬蜂蜜鮭魚排

趁週六假日，我帶著小蜜回到家鄉清水。

我先開車載小蜜到清水鰲峰山上，這裡遠望那矗立在高美濕地附近的白色巨大風車和龍井火力發電廠的四根高聳煙囪，可以將中部海線平原的美景一覽無遺，讓小蜜對把拔我的家鄉有非常美好的最初印象，然後才帶她回去見爺爺奶奶，小蜜的爺爺特地在家裡附近的川菜館招待這個好幾年都沒看過的小孫女。小蜜雖然一開始有些怕生，但仍然恭敬有禮地回應她祖父母大大小小的問題，並不時追問我小時候的糗事讓氣氛圓融。

這都多虧了她那當房地產業務員的媽媽，把小蜜教得待人處事進退得體。

我媽媽很喜歡小蜜，我們回苗栗時，我媽媽還塞了一瓶他們兩老去南投鄉下蜂場買的蜂蜜給我。我媽媽相當注重健康養生，不但自己時常吃花粉、蜂蜜，也逼著我爸爸每天早上都要吃幾匙，她把蜂蜜交給我，殷勤囑咐我，小蜜正在成長發育期，絕對不能夠讓小蜜營養不夠，否而她會趕到苗栗讓小蜜辦轉學，轉回清水讓他們兩老來養育。

我們在回苗栗的路上，小蜜抱著那瓶蜂蜜，頗似無聊地凝視玻璃瓶裡的金黃黏稠液體，她說道：「把拔，你喜歡吃蜂蜜嗎？我不太喜歡耶！因為蜂蜜味道怪怪的又不夠甜，不如糖漿，把拔吃過楓糖漿嗎？舅舅曾經給媽媽一罐，那才好吃哩！」

「可是你叫小蜜啊！怎麼會不喜歡蜂蜜？」我故意調笑她。

小蜜嚼起嘴，她瞪著正在開車的我說道：「我都不知道這個名字怎麼來的，為什麼你和媽媽都會叫我小蜜？」

因為小蜜的問句，我雙手仍握著方向盤但回憶起大學的往事，臉上微微泛出溫柔的笑意。

「把拔！你在想什麼？快說！」

「沒有啦！我想到大學時某一年夏天，那時天氣很熱，我喜歡喝可樂消暑，可是你媽說那樣不健康，你媽媽就去量販店買了一大瓶蜂蜜，用保特瓶泡了蜂蜜水冰在我房間……蜂蜜水冰冰甜甜的，也很消暑。那時……因為你媽笑起來很甜，所以我叫你媽媽糖糖，那年夏天，我就跟糖糖約定好以後如果結婚她生下女兒，就叫這個女兒小蜜。」

「所以你們就叫我小蜜囉？」小蜜深呼吸口氣，不再看我，雙眼直視高速公路前方單調的風景。現在我和她媽媽的關係一定讓她心裡非常複雜。哎，想當年，我和她媽媽的愛情是多麼甜蜜！

而小蜜知道我和她媽媽的往事和她小名的由來，說不定現在更不喜歡蜂蜜了。

我因為寫論文和兼課很忙，沒有督促小蜜每天都依照奶奶的要求喝一匙蜂蜜，小蜜則更不可能去動她不太喜歡的蜂蜜，因此那瓶蜂蜜拿回苗栗的家就一直擺在餐桌上。直到我從竹南的超市買了一塊鮭魚排回家，才動起了這瓶蜂蜜的主意。

「今天晚上就來烤魚排吧？烤檸檬蜂蜜鮭魚排！」我對正在寫作業的小蜜說道。

「檸檬蜂蜜鮭魚排？感覺很豪華的料理呢！」小蜜的回應讓我知道她雖然不太喜歡蜂蜜，但似乎也不到討厭的地步。

冰箱裡還有一顆檸檬，我切了半顆榨汁，把檸檬汁盛在小碗公裡，加上四匙蜂蜜，一匙醬油，我想了一下，又加了一小茶匙的麻油可能更香，怕味道太柔和不夠重，又加了一點點的辣椒粉和黑胡椒粉。把上述材料都攪拌均勻做成浸泡鮭魚的醃汁，然後把鮭魚排放進醃汁裡浸半小時。

半小時候，就準備開始料理入味的魚排了。因為我們家裡的烤箱火力不夠強，所以我先熱了油鍋，先將魚排兩面煎得稍微金黃，然後用筷子把魚排夾起來放在鋁箔紙裡面置入烤箱，小烤箱烤五到六分鐘。這五到六分鐘的時間我則另外將剛剛浸泡鮭魚的醃汁煮沸待用，另外燙了一把小白菜整齊放進盤子裡面裝飾。

等到鮭魚排烤好後，把鮭魚連同鋁箔紙放在盤飾的小白菜上，最後淋上些許煮沸的湯汁調味，我們的房間裡頓時香味四溢，我心裡自豪想到這豪華美味程度可不輸給小蜜她爺爺所宴請的川味料理。

小蜜肚子早就餓壞了，先拿了筷子小小夾了一小塊魚肉吃，頓時笑開了眼，她說：「沒想到蜂蜜拿來烤魚排這麼好吃，難怪熊熊喜歡吃。」

「誰是熊熊？」我楞了一下。

「就是野外的熊啊！維尼熊也很喜歡吃蜂蜜。」小蜜天真地眨眨眼說道。

「喔、喔！嗯。」面對女兒的天真，應該顯得嚴峻的老爸實在不知道該說什麼。

吃完了晚餐，小蜜去收拾碗筷，我繼續忙碌我的學術生涯，累積學位論文的字數。

不久，突然一杯略帶淡黃色的水從背後遞過來。

「把拔，喝蜂蜜水。」

小蜜洗完碗筷，泡了兩杯蜂蜜水，她手上拿著一杯，另一杯遞到我的面前。

我憶起了那年夏天和小蜜她媽媽共飲蜂蜜水的甜蜜往事，而有一天當小蜜嫁人了、離開我了，我肯定也會眼角噙著淚回想到她為我泡了一杯蜜水的甜蜜記憶。

食譜 13

1 四匙蜂蜜、檸檬半顆榨汁、一匙醬油、一小匙的麻油、一點點的辣椒粉和黑胡椒粉作為醃汁。

2 將鮭魚排浸泡在醃汁中半小時。

3 將鮭魚排煎得兩面稍微金黃，放入烤箱烤熟。

4 將醃汁煮沸，並燙一些青菜或用生菜作為盤子的裝飾。

5 把烤熟的鮭魚排放置盤上，再把些許煮沸的湯汁淋在烤熟的鮭魚排上。

RECIPE 14

薑絲蛤仔湯

因為小蜜她媽媽工作忙碌的關係，經常總是給小蜜錢去買便當或一起出去外面吃，小蜜幾乎沒看過她媽媽煮飯，更別學習廚藝了。所以當我在煮東西時，不會煮飯的小蜜總會睜大眼睛好奇地凝視和學習，而每次帶小蜜去逛菜市場時，小蜜也會相當有興趣地四處張望。

我總是得不斷提醒小蜜要小心市場內那些攤販沖洗攤子而留在地面上的積水，也有一些壯漢不時扛著竹編菜簍吆喝著：「借過、借過！」然後粗魯地推了前面的人一把，小蜜就有一次差點被推跌倒！

今天我買了一斤的蛤仔，一斤蛤仔比起以前我在花蓮讀書時貴上二十元，不知道是花蓮物價便宜還是幾年下來通貨膨脹的關係，但無論物價怎麼漲，我們為了生活總是要繼續下去，繼續讀書、繼續工作和購物，一起對微薄的薪水和上漲的油價無奈。

回家後我把我對時間和物價的感慨告訴女兒，她問我說道：「把拔在大學時就會自己煮飯了嗎？」

「應該說是讀碩士的時候，碩士班時課比較少，所以會自己煮東西吃。因為蛤仔可以清肝降火，那時你祖母知道我常熬夜寫論文對肝不好，常打電話要我去買蛤仔吃。」

「那把拔最近好像也常熬夜，應該要多吃補肝才行！」小蜜用力地點頭，不過隨後又疑惑問我：「蛤仔要怎麼煮？應該不用剝殼吧？外面的蛤仔都是開口的，可是我們買的蛤仔卻是緊閉的，怎麼辦？」

我幾乎快被小蜜貧乏的生活常識笑死了，不過身為一個父親在這時候還是別笑出來，我調整了心情才對小蜜說道：「蛤仔要煮熟才會打開。」

「真的嗎？」小蜜一副不相信她老爸的模樣，然後對我說道：「那我現在就拿鍋子去飲水機裝熱水，我們來煮蛤仔湯。」

「喂！小蜜，要先讓蛤仔吐沙才行。」我真的覺得有一些好笑，國中生的女兒還不懂這些，但從另一方面想來又有些歉然，是我這個父親沒有好好陪伴她長大。

「吐沙？蛤仔會吐沙？為什麼？」小蜜一副我會騙她的神情。

記得我小的時候，我也很喜歡問爸媽為什麼，總是一天到晚「為什麼？為什麼？為什麼？」不斷地發問，因此爸爸買了《十萬個為什麼》、《兒童智慧百科》和《兒童科學寶典》之類的書給我，而小蜜當然錯過了看這種書的年紀了，但在這個時代，我可以直接叫她去Google就好了，不過我什麼也沒說，只是叫她用鍋子去裝一些自來水，然後我把蛤仔從塑膠袋裡一股腦地倒進去，然後撒了點鹽進去讓蛤仔吐沙。

小蜜就那樣好奇地在鍋子旁邊看蛤仔一顆顆慢慢打開殼，將氣泡和沙子一起吐出來，然後偶爾伸指頭去觸碰那些浸泡在水裡的蛤肉，蛤仔又很快合起來。

好像含羞草一樣，小蜜這樣說道。

我們就讓蛤仔把沙吐盡，然後我才讓小蜜拿著鍋子出去外面飲水機裝熱水。煮蛤仔湯很簡單，先將一鍋水煮沸，然後從冰箱拿出一塊老薑來，細切成絲，等水滾了以後，先將薑絲丟進沸水中，然後把蛤仔也放進去，要注意不能薑絲放進去煮了一陣子才放蛤仔，這樣薑絲的辛辣味會太重，把蛤仔的鮮味蓋過去。

等到我放進去的蛤仔都開了殼，就代表蛤仔熟透了。

等待蛤仔熟透打開殼的這個過程，小蜜一直站在湯鍋旁邊看，看到一顆顆蛤仔打開了殼，滿是好奇問我：「為什麼蛤仔的殼會打開呢？」

「因為蛤仔煮熟了，它控制殼的肌肉不再有彈性，所以就打開了。」應該是這個樣子吧？蛤仔熟透以後，我急忙關小火，從調味料的塑膠架子上拿了瓶米酒旋轉開瓶蓋，隨意倒了些米酒進去，聞那酒香味道夠了就不再加了。

然後也給小蜜試味道的工作，讓她看湯頭夠不夠鹹，依照小蜜皺眉的程度，我加了一小匙鹽巴到湯裡。

最後又切了一些蔥花撒進去，加了幾滴香油提味，薑絲蛤仔湯大功告成，順手幫小蜜裝了一碗，小蜜捧著那碗透明帶著乳白清香的熱湯，深深吸了一口氣，聞那熱氣的味道。

「好像跟外面賣的沒什麼兩樣呢！」

「因為蛤仔湯就是這樣煮吧？沒什麼特殊的技巧。」

嘻，捧著蛤仔湯的小蜜突然笑了出來。

「你在笑什麼？」

「我在笑如果我們剛剛沒有讓蛤仔吐沙的話，我們會喝到整碗有沙子的蛤仔湯呢！」

「我煮過這樣的湯哦！因為那時我實在好餓，懶得等蛤仔吐沙，結果好難喝，喝不下去！」我想起之前在花蓮讀書時發生的糗事。

「把拔，你以前做的蠢事真不少哩！」小蜜之前從她祖母那邊聽到我小時候做的不少傻事，被她笑了好一陣子。

不過我想我生平最大的蠢事，應該就是沒有和小蜜她媽媽好好溝通，不夠坦承，沒有把心裡的話坦白說出來，才會讓我們的婚姻走到這一步。我希望小蜜在我身邊這段日子，能夠成為一個坦率直接的好孩子，把不健康的憂鬱心事，把應該老實說出來的話，都能像蛤仔吐沙那樣好好吐乾淨。

食譜 14

1 讓蛤仔吐沙。
2 切薑絲，煮一鍋水，水開後，把薑絲和蛤仔放進去大火續煮。
3 蛤仔煮開了後，倒入適量米酒，關小火。
4 試味道加適量鹽巴，可稍微大火加速鹽巴溶解。
5 關火前，撒一些蔥花或加些許香油或麻油，讓蛤仔湯感覺起來更好喝。

RECIPE 15

蜂蜜蘋果咖哩

這天和小蜜逛超市，看到賣場架子上的盒裝咖哩塊，她提起前天的學校午餐。

「咖哩雞丁和黃瓜燴杏胞菇，湯是竹筍湯，可是那咖哩不太好吃，還可以吃到雞骨頭呢！」小蜜翹起嘴說道：「之前和媽媽買咖哩口味的調理包，料好少、味道也不夠濃，要吃真正好吃的咖哩，可能要到咖哩專賣店去吧？以前媽媽帶我去臺北見客戶時，曾經吃過一家很貴但卻很好吃的咖哩，好吃的咖哩都很貴吧？」

我很訝異小蜜竟然有這種想法，我很喜歡吃咖哩，用咖哩塊煮的咖哩是很平民而且簡單易做的料理，以前看日劇或日本美食漫畫時，都會看到日本人把咖哩當成生活的一部份，有學校午餐的咖哩、媽媽味道的咖哩、奶奶的咖哩、河堤旁老伯小攤車的咖哩、轉角家庭餐廳的咖哩、親手做給曖昧對象試吃的咖哩……，咖哩怎麼會是昂貴料理的象徵呢？

小蜜的爺爺、奶奶不太能接受咖哩的味道，在我小時候和小蜜一樣只有吃過調理包的咖哩，高中時在一中街補習常逛到第一廣場去，偶爾在附近的巷子裡也能吃到便宜的咖哩，一大盤白飯淋上香噴噴的黃褐色咖哩，雖然肉塊不多，卻總是讓我很滿足。

升大學以後，因為讀中文系的關係，女同學較多，在宿舍裡偶爾也能沾室友的光，有口福吃到不同私房味道的咖哩，後來小蜜她媽媽知道我喜歡吃咖哩，偶爾也會做一鍋咖哩讓我冰在冰箱慢慢吃。

後來，我獨自留在花蓮讀碩士班，也開始自己做咖哩，因為沒有抽油煙機的關係，所以我把電磁爐擺在小套房的陽臺上，面對著中央山脈煎炒洋蔥和肉塊，感覺整個花東縱谷都是我的廚房，誰能夠有這麼漂亮的廚房呢？

那時我很喜歡煮飯，正對著一大片美景調理烹飪真是非常美好的享受。雖然在陽臺上煎魚、炒蛋有些麻煩，但不是花蓮人的我，烹飪時這樣的美景是多麼地吸引我。

後來回到西部來讀博士班。

博士班一年級時，學校附近有兩家賣咖哩飯的店，說是兩家店，其實一家只是小攤車而已，小攤車專賣印度咖哩，面貌樸實的老闆夫婦是印度華僑，簡單的咖哩飯，因為薑黃的份量比較多因此咖哩顯得異樣地黃，附帶的大塊馬鈴薯也非常入味辛辣，吃起來很過癮，而且還有一顆咖哩炸蛋，被炸得金酥脆的蛋皮下面，蛋黃也非常入味。

另一家則賣日式咖哩，有牛肉和豬肉兩款，咖哩還加了蘋果切片，吃起來甜甜的，有一股幸福的味道。

「我們來做咖哩吧？」我突然這樣對小蜜說道。

「咖哩？好啊！把拔要選那種口味的咖哩？」小蜜楞了一下，隨即綻開笑容。我們隨便挑了一款小辣口味的日式咖哩，我們又買了紅蘿蔔、馬鈴薯和洋蔥，也買了幾顆蘋果。

然後我們採買了其他日常生活用品和必須的食物才離開超市，小蜜和我一起提著裝滿商品的環保購物袋，輕哼著曲子，我能感覺到小蜜腳步雀躍著，似乎煮咖哩對她而言，是一件非常新奇的事。

我們回到家以後，都快錯過晚餐時間了，我先吩咐小蜜忍著飢餓快寫功課，自己先洗米煮飯，然後洗了一下食材，把紅蘿蔔、馬鈴薯和蘋果等食材用削皮刀削了皮切塊待用，冰箱還有前幾天上市場買的豬肉，我從冷凍庫拿下來浸泡自來水退冰。

等待豬肉退冰的時候，我就拿鍋子去飲水機裝熱水回來煮沸，先把小塊的紅蘿蔔、馬鈴薯用沸水燙熟。

這時豬肉也稍微軟化了，我就將一部份的豬肉切成小塊，其他仍拿回冰箱冰。然後用大火熱油鍋，把切片的洋蔥放進油鍋裡炒香，然後放進豬肉塊續炒，因為小蜜在超市的時候嫌調理包咖哩的食料太少，因此我切了差不多一斤肉來做咖哩，和洋蔥塊一起在油鍋爆香，還沒加上咖哩，一股激發人食慾的香味就從油鍋裡噴冒出來。

這時就可以把紅蘿蔔和馬鈴薯塊丟進鍋內，在鍋裡續加熱水，淹過所有食材，等水滾了以後，把咖哩塊通通放進去，一盒咖哩共可煮十二人份的咖哩餐，我和小蜜兩人幾乎可以一個禮拜都吃咖哩了！當咖哩塊將水染成褐色逐漸看不見食材，最後將蘋果塊也放進去提升甜度，我突然憶起似乎也可以在咖哩裡加蜂蜜增添風味，於是又拿出小蜜她奶奶給的蜂蜜，加了一大湯匙進去。

這應該是我煮過最豪華的咖哩了！不但加了蘋果，還加了蜂蜜進去。

用小火又續煮了十分鐘左右，只能用滿室飄香來形容咖哩的辛香氣味。這時小蜜早已經寫好作業，摸著肚子對她的把拔我大聲撒嬌喊餓。

我叫小蜜用盤子去電鍋為自己盛飯，當她端來自己的白飯，我彷彿大廚師似地沈穩用長湯杓為她舀了三匙咖哩淋上去。

摻混著豬肉、洋蔥、馬鈴薯、紅蘿蔔和蘋果塊的咖哩醬汁像彩色的顏料染上白飯的畫布似的，讓我們的晚餐像一幅畫那樣豪華起來。

小蜜用湯匙舀了一口嘗，哇地一聲說道，好辣可是好甜。

「好吃嗎？」其實我對煮咖哩還蠻有自信的，這個問句看似沒有什麼意義。

「好吃，小蜜沒有吃過這麼好吃的咖哩。」小蜜捧著裝咖哩飯的盤子到餐桌旁邊，不顧淑女形象地大口吞嚥。

看來本來預估得吃一個禮拜的咖哩，可能三、四天就會吃完了。

「好吃的咖哩不需要很貴才吃得到，對不對？」

「嗯，小蜜的把拔最厲害了！如果每天都能吃到這樣的咖哩真是太幸福了。」

小蜜抬頭甜甜地對我笑道。

小蜜啊！因為咖哩這種食物，只要努力煮，就沒有不好吃的咖哩。美味的食物不是用金錢來衡量的，就像人一樣，都應該從他努不努力來評斷這個人的價值。

把拔希望小蜜會是一直努力的人哦！

食譜 15

（十二人份咖哩）

1 約三顆洋蔥、四根紅蘿蔔、四顆馬鈴薯洗淨切成丁塊狀，用沸水將紅蘿蔔和馬鈴薯塊煮熟備用。

2 熱油鍋，將一斤豬肉塊和洋蔥丁炒熟，炒得香熟後，把紅蘿蔔、馬鈴薯塊丟入，加水淹過所有食材後續煮，水滾後放進咖哩塊攪拌均勻，改小火燉煮十分鐘左右。

3 可加入蘋果塊或蜂蜜增加甜度和風味。

RECIPE 16

義大利肉醬麵

在讀大學的時候，也就是剛認識小蜜她媽媽的那個學期，我和一個外文系的朋友住同寢室，他偶爾會在寢室裡煮東西吃，這位朋友最常煮的就是義大利麵，把直圓麵條或通心粉放入滾沸的水中，等麵煮熟了，從交誼廳冰箱裡拿回義大利肉醬的玻璃罐頭，義大利肉醬因為摻了大量的蕃茄糊下去煮的，因此通紅的顏色看起來比臺式肉燥更能挑動人的食慾。

後來搬出去外面租房子後，有一陣子我也喜歡上自己煮義大利麵。

義大利麵的麵條種類相當多，有通心粉、寬扁麵、墨魚麵、米形麵、斜管麵和直圓麵等，我喜歡通心粉、斜管麵和一般我們常吃到的直圓麵條。不知道是不是錯覺，雖然我也很喜歡臺灣的外省麵、本省麵和手擀麵、刀削麵，但義大利麵條就是格外潤滑爽口。

我自己當然不是煮義大利麵的高手，而製作義大利肉醬需要準備的佐料似乎也比傳統臺式肉燥還多，就我自己的飲食習慣而言，即使醬油、香油混咖哩粉拌麵也能過一餐，但現在小蜜跟我住在一起，為了正在發育成長的她，可就不能讓她吃如此簡陋的一餐。

最近因為較忙，麵食易熟，因此晚餐常吃麵食，當前一陣子我做的「祖母口味」肉燥吃完後，怕小蜜吃膩了肉燥，我決定改換口味來做義大利肉醬。

我去市場買了一斤豬絞肉和十幾顆大蕃茄，當然做義大利肉醬不需要那麼多蕃茄，剩下的可以當水果吃。

雖然義大利肉醬也可以沾在普通臺式麵條上吃，味道一樣好吃，但難得辛苦做了義大利肉醬，偶爾也應該奢侈一下買比較貴的外國麵條，吃起來更加道地，因此逛完菜市場後，我又到了超市挑選義大利麵條，雖然在苗栗比不上臺北這樣的大都市，但超市裡的義大利麵條至少也有直圓麵、斜管麵和通心粉三種，反正都是換換口味，因此我各買了一包。

趁著今天沒課，回到家我就開始做義大利肉醬。

因為家裡沒有白酒、芹菜、洋菇和麵醬什麼的，我用最簡單的做法，評估絞肉的份量，決定就先把八顆紅蕃茄洗乾淨去了蒂頭，在每顆蕃茄表面用刀尖劃個十字，放進滾水裡汆燙一下，汆燙過的蕃茄很容易剝皮，把燙過的蕃茄用筷子夾起來剝皮然後用菜刀切碎備用。

然後用橄欖油熱了油鍋，把一斤絞肉放進油鍋裡，快速用鍋鏟將絞肉打散，使之平均受熱，當絞肉差不多熟透發白時才將切碎的蕃茄通通倒進去，攪拌均勻，我聞著蕃茄和絞肉在油鍋中冒出的香氣，覺得似乎肉醬的顏色沒那麼鮮紅，於是從調味料的架子上拿了蕃茄醬，擠了些蕃茄醬在油鍋裡讓義大利肉醬的顏色看起來更紅、更有味道一點。

然後因為絞肉淋上蕃茄醬會有點黏稠，所以我加了半碗水下去稀釋，但覺得又不太足夠，又加了半碗水，才讓肉醬攪拌起來覺得不會太黏稠，然後適量加了點鹽、糖和醬油調味，用小火熬煮到看起來像超市賣的義大利肉醬那種黏稠程度就好了。

每次做肉燥或肉醬時總是一個相當大的工程，因為得花時間去炒又要去熬煮，我想起以前我媽媽做肉燥的情形，廚房的香味總是飄了好幾個小時，然後我和弟弟就知道了，又可以好一陣子不必吃飯，可以常吃肉燥麵了。

小蜜放學回來，房間裡的肉醬香味早已散去。

女兒很得意地讓我看她今天美術課的作品，是學校的風景寫生，她說：「美術老師認為我畫得很好，樹葉的顏色光影細節都畫出來了。」

「嗯，真的畫得很好哩！」比起不拿手的數學，小蜜真的蠻有繪畫天分的，光影都透過色彩自然呈現出來，在表現圍牆、樹幹和樹葉上，筆觸也能恰如其份地表現材料的特性。

「大家都說我很會畫畫哦！還有同學想跟我要這張圖畫回去收藏，他們不知道我只是隨便畫畫而已。」小蜜說得很開心，她手舞足蹈地繼續說道：「畫畫沒什麼難的，我同學他們只是不用心，像我隨便畫畫就很好了！」

「是嗎？」我覺得小蜜好像因為自己會畫畫而有些驕傲，但她是一個心思細膩的孩子，如果我直接糾正她，她可能會哭。

瞬間我想到了好主意，碰巧今天煮好的義大利肉醬就可以派上用場了。

我對小蜜說道：「你先去洗臉、洗手，把制服換下來，等一下我們就可以吃晚餐了！今天煮義大利麵哦！」

小蜜乖巧地點頭，我則拎著鍋子到外面飲水機裝熱水。

今晚我選了粗大空心的斜管麵條，據說這種麵條的設計發想是源自歐洲中古世紀的鵝毛筆尖，為的是讓醬汁能很容易浸潤麵條中空的部分。

把斜管麵條放進熱水中煮了十分鐘左右就可以撈起，吃義大利麵當然得用盤子裝囉！我要小蜜拿了兩個盤子，然後用麵撈杓將麵條撈起平均分配到兩個盤子上，然後拿了一柄大湯匙舀了義大利肉醬淋在還在冒煙的斜管麵上。

「把拔，我餓死了，先開動囉！」小蜜去碗籃裡拿了筷子就開始吃了，她說：

「我第一次吃到這種粗管的義大利麵條呢！」

「很特別吧？」老實說，我好像大學以後才吃過這樣的麵條，時代在變化嘛！小蜜她爺爺奶奶不也到三、四十歲才吃過麥當勞。

「對啊！因為空心的麵條，所以吃起來有種特別的Q勁，而且還可以在麵條裡吃到醬汁呢！如果一般麵條太粗、太厚，很容易沾醬就不平均，可是這種空心的麵條不會這樣，味道十足！」

「小蜜啊！你說空心的麵條有特別的Q勁，而且能夠讓醬料浸到麵條裡面去，人不也應該是保持虛心、謙虛的態度，這樣處事才能圓融，才能夠從別人身上學到更多東西？」我的目的就是要透過斜管麵引發女兒的思考。

「呃哦？」小蜜停下筷子，楞了一下然後才說道：「把拔是說，我不能因為很會畫圖就太過驕傲，應該謙虛一點對不對？」

「對啊！每個人都有每個人的專長，把拔很高興你對自己的專長有自信呢！而且你也很聰明，只要數學再努力一點就好了……」

「唉唷！把拔……」

食譜 16

1 用橄欖油熱鍋後，放進一斤豬絞肉煎到發白，將八顆蕃茄洗淨切碎，放進絞肉中一起煎炒。

2 加一些蕃茄醬調色、調味，再倒入一碗水稀釋、攪拌，並用些許糖、鹽和醬油調味，接著用小火熬煮到黏稠，就完成簡單的義大利肉醬。

3 用沸水將義大利斜管麵煮約十分鐘左右就差不多熟了，撈起後淋上義大利肉醬即完成。

RECIPE 17

味噌湯和味噌鮪魚泡飯

因為小蜜昨天提起了學校營養午餐的小香腸蠻好吃的，害我也想買個小香腸煎來配飯吃，於是去學校兼了兩堂國文課後，就拎著購物袋驅車到超市去。

通常需要冷藏保鮮的香腸都會和沙拉、起司、味噌之類的食材，我買了一盒小香腸後，注意到那透明塑膠小方盒裝的味噌。

啊，好久沒有喝味噌湯了。

有時候自助餐的附湯會是味噌湯，不過因為小蜜堅持不讓把拔外食花太多錢，我已經很久沒有吃自助餐了，但最讓我懷念的味噌湯則是花蓮市區一家專在深夜營業的豆漿店賣的。

豆漿店賣的味噌湯？想來就是很普通的味道。

的確是很普通的味道，沒有特色，二十元就能喝上一大碗。

第一次來到這家店，是大二時候半夜和小蜜她媽媽去七星潭海邊看星星回來，兩個人共乘一輛機車，天氣冷得讓我們都發抖，在深夜的花蓮市區裡，唯有這家店燈火通明，店員在店門口的餐檯前舀熱豆漿、蒸包子，生氣勃勃地彷彿抗衡著整個市區的夜色。

於是，吸引我們走進了這家暖烘烘的豆漿店，我驚訝地發現這家豆漿店除了豆漿、奶茶、調味乳之外還有味噌湯。

我點了一碗味噌湯和一盤煎餃，大概受我影響的關係，小蜜她媽也點了味噌湯，但她告訴我她本來就很喜歡味噌湯裡面的豆腐還有味噌渾厚的味道。

這家店的味噌湯裡除了味噌外，還有切成小方塊狀的豆腐、海帶和小魚乾，感覺起來相當營養，在寒冷的夜晚裡來這樣一大碗公的味噌湯，不但溫暖了身體而且彷彿溫暖了靈魂。

她問我為什麼喜歡喝味噌湯，我告訴她從前看了一套關於日本戰國時代的小說，這本小說描寫織田信長為了迷惑前來攻擊的「東海道第一弓」今川義元，命令後來成為豐臣秀吉的木下藤吉郎大量蒐購味噌，透露信長將籠城抵禦今川義元的假消息。我以前讀到這一段時，對味噌有了異樣的感觸，原來味噌是戰爭圍城時重要的戰略物資。

味噌的材料是大豆和麴、鹽，因此不但能補充戰爭時大量體力活動所需的鹽分，還因富含蛋白質成為當時日本人補充營養的重要來源。

據說以「風林火山」戰法聞名的戰國大名武田信玄也非常重視味噌，因為味噌是發酵過的大豆，含有酵素和乳酸菌，不但能恢復戰士的疲勞也能健胃、促進食慾，對於武田家的軍團來說是相當重要的軍糧，「信州味噌」也因此而成為日本的重要味噌之一。後來我喝味噌湯時總想著自己能在和平、沒有戰爭的環境裡享受味噌的濃郁是多麼幸福的一件事！

不過她笑我：「喝味噌湯好喝就行了！為什麼要想那麼多理由？戰爭或歷史和食物的美味有什麼關係嗎？」

我承認小蜜她媽媽說的沒錯，但我仍然因日本人把味噌當成重要的戰爭物資而為味噌感動著。

「今天晚上就喝味噌湯吧？」我選了一款最便宜的臺灣產味噌，然後又買了豆腐和海苔，至於可以加在湯裡的柴魚片，我記得家裡冰箱還有。

因為我沒有吃午餐，所以下午回家後我就先煮了味噌湯來喝，味噌湯相當簡單，重點是要先將味噌和水大約以一比一的比例調勻，然後在大湯鍋裡倒入適量的水，差不多一碗味噌可以煮六、到七碗的味噌湯左右，等待湯鍋滾沸的時間可以拿來切豆腐和準備其他佐料。

將豆腐和海苔片切成適當大小後，我又洗了些蔥切成蔥花備用。

等待鍋子裡的湯沸騰後就可以把豆腐和柴魚片先丟進去，改以中火煮大約二十分鐘，然後加入些許香油和糖調味就好了。

至於海苔片，我習慣盛到碗裡才加。

當我連喝了兩碗湯覺得差不多飽了的時候，才想起早上出門前曾洗米放入電鍋煮，現在電鍋保溫的燈還亮呢！可是我已經吃不下了。

等待小蜜放學回家時，今天的晚餐該是什麼呢？

就「味噌泡飯」好了，不過雖然味噌很營養，我卻怕對正在成長的小蜜來說不太足夠，從櫃子裡拿出一罐小蜜愛吃的水煮鮪魚罐頭，打算把鮪魚鋪在小蜜的飯上面，然後將味噌湯淋在鮪魚和白飯上頭，最後撒上些海苔。

然後，我再跟她分享我跟她媽媽從前喝味噌湯的往事。

食譜 17

★味噌湯

1 味噌和水大約以一比一的比例調勻，以一碗味噌加六碗水左右的份量用大火快煮。
2 等到湯沸騰後，就可以把豆腐和柴魚片放進去，改用中火煮約二十分鐘。
3 加上香油和糖調味。

★味噌湯鮪魚泡飯

1 白飯一碗。
2 把水煮鮪魚罐頭的鮪魚醬加在白飯上面。
3 淋上味噌湯，最後撒上一些海苔片。

RECIPE 18

美式小漢堡餐

前幾天我的指導教授疾言厲色地下了最後通牒，要我至少「生」一章節的博士論文初稿給她過目，因此我最近除了備課、上課外，就是忙這件事。

小蜜不會煮菜，但已經會了洗米、把米和水用正確的份量放進電鍋裡，或者把麵條燙熟這種簡單的廚藝，因此，我就把這些工作交給她了！當然，有些朋友認為小蜜是女孩子，我應該早點讓她學習煮飯菜，對於她未來總是比較好的，但我小的時候媽媽教我煎荷包蛋時，我曾被那突然噴出來的熱油濺傷臉，正因為如此，我總是不希望小蜜這麼漂亮可愛的女兒太早去碰菜刀、碰油鍋。

這也許是我這貧困的爸爸寵愛女兒的方式吧？

今天從學校下課回來以後，我又開始整理我的論文資料，擺滿地的期刊論文影印紙、攤開的論文集和現代詩的研究文本幾乎淹沒了地板，女兒回來以後也習慣我這幾天沒日沒夜地寫論文習慣，打了聲招呼說把拔我回來了以後就在餐桌旁邊寫她今天的作業。

我打算今天晚餐吃麵的，畢竟家裡還有一些咖哩和義大利肉醬。麵條不論淋上咖哩或義大利肉醬都非常好吃，為了怕小蜜營養不夠，還可以再煎個蛋……

當我論文寫到一個瓶頸的時候，抬起頭差不多晚上七點半了，我呼叫了小蜜一聲，要她拿鍋子去飲水機裝熱水。

「今天晚上就吃麵吧？」與其說這句話是我對小蜜的問句，還不如說是陳述句，總之，今天晚餐的選擇不是咖哩麵就是義大利肉醬麵了。

可是當我注意到放食材的塑膠架子，麵條已經都沒有了，再打開冰箱，冰箱裡只有當早餐用的土司和小圓麵包，也沒半根麵條。

「只好吃飯了。」我聽著小蜜匆匆出去裝熱水的腳步聲，又打開塑膠的米桶，心想用電磁爐煮飯會不會比電鍋快這種事，可是打開米桶才發現，米桶裡也沒米了。

唉，我怎麼會窮困至此呢？

讀博士班真是一個報酬不高且辛苦的學術旅程。

其實也不是真的那麼窮困，因為小蜜她媽真的每個月有匯小蜜的生活費給我，加上我兼課微薄的鐘點費總是勉強過得去，只是最近都是小蜜洗米、煮麵，她忘記告訴我家中米糧已告急了。

小蜜端著一鍋熱水回來，我才告知小蜜，我們家裡已經沒有米和麵條了。小蜜滿臉歉意地看著我，然後打開冰箱察看。

「把拔，我們是不是今晚只能吃麵包了？」

「是啊！還是你想到外面去吃。」其實我蠻想去外面打牙祭的，畢竟為了省錢，我們除了有時早餐可以在外面吃外，都是自炊。

「不用了，把拔！我們吃麵包就好了，我們還有很多好吃的麵包喲！」大概是在單親家庭長大的小孩，小蜜真的很成熟也很乖巧。

這真讓我有些心痛，我和她一同望著冰箱裡剩下的食材，果醬、咖哩和義大利肉醬都有一點，但用麵包配咖哩或肉醬都蠻奇怪的。

做肉醬的豬絞肉還剩下蠻多的，絞肉的用途很多，做肉燥、炒菜、煮湯都可以用，冷凍的話也可以放很久，因此上次我買了很多。

做咖哩的洋蔥和馬鈴薯也有剩……

我決定讓小蜜今天晚上也有豐盛的晚餐吃，絕對不讓她吃什麼果醬配麵包這麼可憐的晚餐。

「小蜜，你再等半個小時，把拔來想辦法煮東西……」

「把拔，你要煮什麼？」小蜜眨著大眼睛看我，好奇地詢問。

但我只是露出「不告訴你」的笑容，然後要小蜜再去讀書一會兒。

我把半斤豬絞肉拿下來退冰，將一顆洋蔥洗淨切碎成丁，把退冰的豬絞肉和洋蔥放在大碗裡一起攪拌，又打了顆蛋，把蛋白加入絞肉中混合均勻，憑感覺撒了些黑胡椒、鹽和糖把肉加以調味，另外加了兩大匙中筋麵粉下去，讓絞肉的觸感更加黏稠。

另外洗了三顆馬鈴薯，削皮，切成小塊狀，用小湯鍋煮，因為切成小塊狀，馬鈴薯很快就熟透了，而小湯鍋的水分也即將收乾，我另外倒了一罐鋁箔包的保久鮮乳進去，加了一點鹽調味，這馬鈴薯泥看起來似乎就像電影裡外國人的主食那樣。

然後接下來繼續處理絞肉，我用雙手不斷拍擊肉團，讓豬絞肉更加緊密，這樣煎起來口感才會好而不致立刻鬆散開來，再將肉團捏成類似冰箱裡的小圓麵包那樣大小，雙手交互拍打成圓餅狀。

接著熱油鍋，重點是油鍋必須大火高溫，這樣才能讓肉排能很快定型，密封住肉排內的美味肉汁，然後再以小火煎到兩面金黃，確保肉排內部也能熟透。

在煎肉排的同時，我從冰箱拿出量販店買的小圓麵包，用菜刀橫切開來，這時一邊寫理化練習題一邊偷看的小蜜發亮著眼，她也知道我要做什麼了！

「啊？把拔要做漢堡！我也來幫忙，還要做什麼嗎？」

「敢吃生菜嗎？可以去把小白菜洗乾淨，然後去拿蕃茄醬。」

「好。」小蜜猛點頭，立刻放下手上的參考書跑去冰箱找蔬菜、蕃茄醬。

為了怕小蜜營養不夠，所以又另外煎了前幾天買的小香腸，然後多打了一顆蛋和做肉排剩下的蛋黃一起打散均勻炒熟。

因此，今天的晚餐是夾肉排和生菜的美式小漢堡、馬鈴薯泥、小香腸和炒蛋，調味料是蕃茄醬。

「把拔，沒想到即使我們家裡沒有米飯和麵條，把拔還能弄出這麼豪華的晚餐。」小蜜非常驚訝，或者應該說是驚喜。

我自己倒真的很驚訝，如果我一個人住又規定我不能出去吃的話，我一定只吃麵包喝牛奶就過一餐了！根本不會弄出這麼一頓看起來有點像外面美式餐廳賣的晚餐。果然每個當父母的人，都會為子女創造出什麼奇蹟來。

「小蜜，只要我們肯努力而且願意動腦筋，沒有什麼事辦不到的，不是嗎？」

食譜 18

★美式小漢堡

1 半斤豬絞肉與一顆洋蔥切成的丁混合攪拌均勻，加一顆蛋的蛋白進去繼續攪拌，適量加入鹽、糖和醬油調味，另外根據觸感加入些許中筋麵粉增加黏稠度。
2 將豬絞肉用雙手交互拍擊成餅狀，使肉質緊密，然後捏成適當大小的肉餅。
3 將肉排下高溫大火的油鍋，然後轉中小火煎至兩面金黃。
4 將小圓麵包橫切成兩片麵包。
5 洗淨小白菜，把白菜和煎好的肉排放進麵包中，適量以蕃茄醬調味。

★馬鈴薯泥

1 將馬鈴薯削皮切成小塊狀，用小湯鍋煮到鬆散，用筷子把馬鈴薯塊弄成泥散狀。
2 在湯鍋中倒入些許鮮奶，煮到差不多收乾，加一點鹽調味。

RECIPE 19

炒泡麵

夏天的時候多颱風。

當大規模陰鬱的烏雲席捲臺灣東岸不久，暴雨夾帶著強勁風勢越過中央山脈，到達西部來了，在放颱風假的日子裡，我擔心苗栗這鄉下地方隨時因樹木倒塌或土石流沖倒電線桿之類的事情停電沒辦法寫論文，所以總是坐在電腦前面為自己的學位論文趕工。

當我把一個章節的論文Email給指導教授的十分鐘後，我擔心的事終於發生，整座三合院突然一片漆黑，這附近都停電了，我和小蜜聽見鄰近的房客紛紛打開門出來探詢，有人驚訝、恐慌，也有人發洩情緒地罵了幾句髒話。

我倒是沒什麼反應，停電就停電了吧！

反正論文也交出去了。

現在下午五點四十二分，我和小蜜的房間沈浸在一片突然寂靜的墨色氛圍裡，四周的景物和小蜜的臉顯得模糊朦朧，倒是外面的雨聲異常清晰且急促地打在窗玻璃上，好像整個世界都如此焦躁不安。

「把拔、把拔！你在哪裡？」小蜜發楞了一下，開始伸手向前亂抓，驚慌地叫我。

會不會太誇張了一些？我還能稍微看到小蜜的身形輪廓呢！有那麼可怕嗎？我懶洋洋地站起來，摸黑走到小蜜面前對她說道：「把拔在這裡！」然後輕輕抓住她亂揮的手。

「停電好可怕哦！」小蜜反抓住我的手臂，緊緊抓住，整個身體靠了上來。

「你會怕黑啊？」小時候我也會怕黑，總覺得黑暗中有什麼東西會冒出來。

「對啊，小蜜很怕黑，怕有鬼！」

「別怕，我在身邊，我們先找東西吃吧？」停電了但飲水機應該還有些熱水，而電磁爐雖然不能用了，但我們還有卡式瓦斯爐，趁現在去裝一些熱水來煮晚餐才是上策。

「我們一起去裝水！」小蜜似乎不敢離開我，堅決地對我說道，被她這麼拉扯著，我好不容易摸到了手機，利用手機微弱的亮光找到手電筒，這時房間才大放光明。

我們父女一起到三合院角落偏房被改建成茶水間的舊廚房，這個房間放著一臺飲水機和兩架大型洗衣機、一架烘衣機，洗衣機是免費的，但烘衣機使用一次必須投幣十元，我們進去的時候剛好有個女房客用手機的亮光在烘衣機裡檢查自己的濕衣服，她抬頭看著我和小蜜一眼，喃喃抱怨說道：「十塊錢因為停電被吃掉了，這衣服得拿去房裡晾……」

她搖搖頭將烘衣機裡的衣服放回洗衣籃，抱著洗衣籃離開。

我和小蜜都沒有說話，默默地在手電筒的微光中把大茶壺裡裝滿熱水。

回房間的路上，小蜜才恍然拉著我的衣服說道：「把拔，我們早上去超市買防颱的東西，好像只有買手電筒、蠟燭、水、土司和泡麵耶！昨天不是發現我們已經把家裡的米和麵條都吃光了嗎？」

「對哦！」我驚然發現，我和小蜜太注意防颱了，反而忘記日常生活飲食的米和麵條都沒了！我尷尬說道：「小蜜，今天晚上大概只能吃泡麵了！」

「那也沒辦法啊！那就吃泡麵吧！」小蜜仰頭對我甜甜微笑：「就和把拔一起吃泡麵！」

「我們來炒泡麵好了！」我靈光一閃。

「什麼是炒泡麵？」小蜜有些訝異地詢問。

炒泡麵是金門的特產。小蜜的叔叔曾在金門當兵，那時我還在讀碩士，有一次陪小蜜她爺爺到金門看我弟。金門大多數的餐廳都很貴，晚上我們三人吃了簡單的小吃又到當時剛開張的便利商店買了三個最大份量的便當回旅社吃。

後來小蜜她叔叔想起了我們到金門應該吃一下金門的特產小吃「炒泡麵」，這是在金門當兵的人都知道的傳統美味，可是當時我肚子不太舒服，因此我弟只叫了一份炒泡麵，和小蜜她爺爺一起分掉那份泡麵。

等到我弟退伍回金門以後，某次我們都在家的晚上，他突然憶起當年的事，問我要不要吃炒泡麵，於是到超市買了維力炸醬麵，就家中現有的材料炒了兩份炒泡麵當我們兄弟倆的宵夜。

我把這段往事告訴小蜜，小蜜悠然嚮往說道，如果能和把拔一起到金門玩就好了。

「會的，有機會的……」

「如果也能和馬麻，三個人一起去該有多好？」

我聽著小蜜這句話，默然不語了一會兒，走進房間我才強作笑顏對小蜜說道：

「我們就來炒泡麵吧！小蜜先幫把拔洗菜好不好？」

小蜜似乎聽出我的尷尬，很快地點點頭，接過我手中的手電筒去打開冰箱了。

而我則點燃蠟燭，撿了一個空罐頭當燭臺用，放在卡式瓦斯爐旁邊。

炒泡麵是一道很簡單的料理，先把泡麵用熱水泡一、兩分鐘撈起瀝乾，然後熱油鍋，放進洋蔥絲爆香，接著放下豬肉絲，我的冰箱裡沒有豬肉絲，但還有一些豬絞肉，於是我抓了一把豬絞肉放進去炒，炒到快發白時，小蜜從浴室洗了些高麗菜出來，我用菜刀切了些高麗菜絲，在蠟燭和小蜜手中手電筒微弱的光線中，豪爽地把大把高麗菜絲丟進油鍋，和豬絞肉一起炒到八分熟，然後就把兩包泡得半熟的泡麵麵條丟進去，再加入調味醬包，用鍋鏟炒勻。

這時我向小蜜要了兩顆雞蛋，她急忙跑去冰箱裡拿了兩顆蛋遞給我。

我連敲了兩顆蛋打入麵條中，用鍋鏟攪拌打散蛋花，最後撒上調味粉包，炒泡麵就完成了。

「這就是當年把拔、爺爺和叔叔吃過炒泡麵的味道啊？」

小蜜疑惑地用力聞著鍋裡的香味，她的話讓我想起了我爸爸和弟弟，也想起了那次旅行在家裡為我們看家的媽媽。

我的女兒呀！你讓我發現食物，不僅是我們生活所需，也可以是我們對過去懷想的美好記憶。把拔希望我們一起共享過的食物，不論味道好壞，都能成為你的美好記憶哦！

食譜 19

1 泡麵用熱水泡一、兩分鐘。
2 熱油鍋，放進洋蔥絲爆香，接著放下豬肉絲。
3 待豬肉絲稍微炒得發白以後，丟進適量高麗菜絲，接著加入麵條繼續炒。
4 加入泡麵調味醬包炒勻，打個蛋花進去續炒，炒到蛋花熟了以後，撒上調味粉包即完成。

RECIPE20

炸土司和清肉湯

颱風在第二天繼續肆虐苗栗這個山城，缺乏糧食的我和小蜜似乎除了泡麵就只剩土司可以選擇，因為沒有白米和麵條的關係，冰箱裡剩下的咖哩和義大利肉醬都只能當做冰箱的裝飾品。

幸好第二天中午以後，辛勞的電力公司員工不畏風雨地搶修倒塌的電線，我們終於有電可用，而且冰箱裡的食材才不會壞掉，但是冰箱裡的食物窘迫，這也讓當老爸的我非常為難，所謂「巧婦難為無米之炊」，米缸裡沒有米，我也是很為難的呢！

除非冒雨去竹南市區或後龍鎮上的超市買米、麵，不然我們這幾天的飲食可就單調了……

吃完泡麵的午餐後，在窗外風雨的伴奏下，我讀了好幾個小時的書覺得心煩，看正躺在床上抱著她那哈姆太郎棉被睡覺的女兒，心想開始籌劃晚餐的菜色，於是去翻了一下冰箱，冰箱裡還有兩個雞蛋、半斤豬絞肉和一些蔥，半包土司，冰箱角落的地板上還有半袋做咖哩剩下來的馬鈴薯、洋蔥。

晚餐可以做些什麼呢？

我想了又想，就決定來炸土司和煮清肉湯好了。

洗了馬鈴薯並削皮切成塊狀，又切了一些蔥花，然後從冰箱裡拿出絞肉、柴魚片等，就先準備開始炸土司了。

炸土司相當簡單，不過我從來沒有吃過，因為我懶得把可以直接吃的土司拿去油炸，但為了讓女兒吃得開心，我這個老爸只好勤勞一些了，首先把冰箱裡剩下的兩個蛋拿出來，把蛋打在大碗裡攪拌均勻，另外備妥一個淺盤裝炸豬排用的麵包粉，先把土司浸潤了蛋汁，然後用筷子夾置盛麵包粉的盤子上，炸土司要炸得酥脆的秘訣就在這麵包粉上，沒有裹上麵包粉的炸土司鬆軟油膩會不太好吃。

土司兩片都要沾了層麵包粉上去，然後我就開始熱油鍋，熱油鍋嗤嗤的聲音把睡覺的女兒吵醒了，她揉揉眼睛從床上爬起來，一臉惺忪的模樣看我忙著晚餐，炸土司只要炸得兩面金黃就差不多可以吃了，因為炸土司的油脂非常多，因此我連忙叫了小蜜拿廚房紙巾給我，用筷子夾了炸土司放在紙巾上面用力按捺吸油，然後才夾置到盤子上。

炸土司的同時，我打開卡式瓦斯爐煮清肉湯，清肉湯也是一道非常簡單的湯品料理，把絞肉放進滾燙熱水中續煮，然後把馬鈴薯塊丟到湯裡，加入柴魚片、醬油兩湯匙、米酒少許、鹽少許，等待馬鈴薯塊煮軟就能熄火，撒上蔥花就大功告成了。

我告訴小蜜，關於這道「清肉湯」料理，在我的小時候，曾經要求她奶奶煮給我喝，她奶奶就煮過一次給我喝，因此我學了起來，但今天是卻是我第一次嘗試煮，我幾乎忘記這道湯是多麼清甜爽口。

「為什麼把拔要奶奶煮給你喝呢？為什麼又只有一次？」顯然小蜜對這鍋清肉湯的故事感到好奇，先為自己盛一碗。

那是發生在小蜜的爺爺、奶奶還有我和我弟仍住清水老家三合院的事了，我才國小二年級，讀了偉人故事「史懷哲非洲行醫的故事」，故事裡年稚的史懷哲和頑皮的小孩打架，因為史懷哲長得比較高壯，因此每次都贏，頑皮的小孩不服氣地對史懷哲說道：「因為你每天都有肉湯喝，所以你才有力氣打贏我，如果我每天有肉湯喝，我才不會輸你！」這句話引發了史懷哲對於人生來應該都平等的同情與想法。不過小蜜的爸爸我卻那時沒從這句話領略到這麼偉大的想法，只是想知道，什麼叫肉湯呢？

那時一起住在三合院裡的還有小蜜的曾祖父、曾祖母，還有未結婚的叔公和小姑婆，主導大家族菜色的當然是小蜜的曾祖母了！晚餐的餐桌上總是小蜜曾祖父愛吃的白帶魚，小姑婆喜歡吃的長豆或豌豆，曾祖父、曾祖母都愛喝的湯則是貢丸湯、絲瓜湯和排骨湯，年稚的我印象中家裡只喝過這幾種湯，我從來不知道什麼東西叫肉湯。

小蜜的祖母被我央求了好久，終於私底下偷偷煮了兩碗清肉湯給我和我弟喝，只有絞肉和馬鈴薯塊的清湯，喝起來好清甜！

可是後來小蜜的祖母似乎被曾祖母罵了，罵說不應該寵小孩、不應該在正餐以外的時間煮東西給小孩吃，從此以後我就再也沒喝過這道「清肉湯」了。

「當然更長大一點，我也會想到史懷哲是一個非常偉大的人，可是在我小的時候，只有『肉湯』這兩個字吸引到我的注意呢……」我對小蜜說道。

「大家族好像很可怕，好多長輩會管教你和叔叔呢！叔公和小姑婆也會管你和叔叔吧？」小蜜啜著小口的熱湯，在颱風夜裡聽我講起童年的往事。

「當然會囉！例如吃飯不能講話、夾菜不能夾太滿、不能邊看電視邊寫作業、晚上八點以後不能講話太大聲什麼的……」

「唉呀！好恐怖，聽起來跟坐牢一樣可怕，還是像小蜜這樣，現在跟把拔兩個人就好了……」小蜜靠近我，輕輕把頭靠在我的身上。

「也沒有這麼可怕，至少可以有長輩、家人可以互相照顧，把拔小時候過年可熱鬧了！可以一大家子的人一起圍爐、貼春聯……」我試著舉例三代同堂、大家庭的優點出來。

「也是，每年過年，沒有看到把拔都會有一些寂寞……」小蜜幽幽地捧起手邊的湯碗喝了一口，然後伸手去拿那剛炸好的炸土司。

哎，小蜜。把拔也真希望能給你完整、溫暖的家庭。

對不起……

食譜20

★炸土司

1 將雞蛋打成蛋汁，然後把土司完全浸入蛋汁中。

2 把浸了蛋汁的土司裹上一層麵包粉。

3 熱油鍋，把土司炸至兩面金黃。

★清肉湯

1 把水煮沸後，丟入約半斤豬絞肉煮至發白。

2 將兩顆洗淨削皮切塊的馬鈴薯丟入，撒入柴魚片續煮，以適量米酒、鹽、兩匙醬油調味。

3 待馬鈴薯熟透變軟後，撒上蔥花，熄火即可。

RECIPE 21

魚腥草雞湯

連續幾天颱風終於過去了，從學校下課後心想最近都讓小蜜吃一些相當克難的食物，應該讓小蜜吃好一點的東西才對，於是開車到竹南菜市場趕在市場收攤前買了六塊雞腿肉。

小蜜是小孩子，應該會喜歡吃炸雞腿吧？

本來我是想炸雞腿給小蜜當晚餐的主菜啦！可是回到我們租賃的三合院套房前，看見房東太太的婆婆在附近空地上曬一種葉子，遠遠看起來不像是菜，走近看就看出來了。

「阿婆，你在曬魚腥草哦？」當然我是用臺語和阿婆對話。

「對啊？老師你要不要拿一些回去煮，魚腥草對健康很好的！」阿婆對會主動跟她打招呼的房客一向很親切，但這裡的房客多是我任教學校的大學生，年輕人比較不會跟老人家寒暄問候。

「我知道啦！魚腥草可以利尿、消腫、清熱、解毒、治療過敏、增加免疫力，平常煮來喝保健身體很好，我媽媽在臺中也有種一些，常看她煮來喝。」

「那老師拿一些回去吧？反正它很會生，長很快的！」老婆婆盛情難卻下，我拿了一大捆魚腥草回房間。

在房間裡我望著這一大捆魚腥草，我愁眉發呆了一下，每日要煮自己的午餐、我和小蜜的晚餐，有時還要張羅早餐已經夠忙碌了，還得找時間煮魚腥草茶可真麻煩哩！可是，不煮的話就辜負了老婆婆的好意。

正當煩惱的時候，小蜜她奶奶打電話來了！想問颱風過後，我們這邊受災的情形，小蜜最近身體狀況、學習情形，我和我媽在電話中聊了幾句，就聊起了房東太太的婆婆送我一大捆魚腥草，我不想煮魚腥草茶，但又不知道該把魚腥草怎麼處理。

我媽問我冰箱裡有沒有雞肉，可以煮魚腥草雞湯。

我眼睛一亮，冰箱裡雖然沒有雞肉，可是我剛買了六隻雞腿回來，我連忙向母親大人請教魚腥草雞湯的煮法。

煮魚腥草雞湯還得要紅棗、黃耆、枸杞，這三樣中藥材我房間沒有。

於是我跑了一趟後龍，開車繞了幾圈找到家中藥行，母親大人的料理通常都憑感覺，很難精準地說出應該多少重量的食材，因此中藥行老闆直接拿給我三包塑膠密封的藥材，這三包就超過三百元了，讓我不禁覺得一般藥材果然還是比食材貴呢！

準備好了中藥材後，就直接回家煮魚腥草湯，把阿婆給我的乾魚腥草放在熱水裡煮滾以後，關小火續煮大約半小時到一小時，然後用撈麵的網子撈起枝葉等殘渣，才將洗乾淨的紅棗、黃耆、枸杞放進魚腥草湯裡，我媽媽並沒有告訴我要放多少中藥材，因此我自己評估量，大約紅棗、黃耆各浮滿半鍋水面，又倒了三分之一左右的枸杞進去。

煮這雞湯可是大工程呢！熱得我滿身大汗，再把中藥材依序放進之後，又倒了三分之一瓶米酒到湯鍋裡，然後小火續煮二十分鐘，這時候我跑去洗澡，洗完澡又逛一下網路，才用另一個小鍋氽燙煮熟那六根雞腿，把雞腿煮熟後，再撈出來用冷水沖洗乾淨，然後把雞腿放進煮好的魚腥草湯裡，等到魚腥草湯再次沸騰以後，用小火熬煮約十五分鐘，加鹽巴調味，就可以放著等待女兒小蜜放學回來了。

雖然我猜想對小蜜來說，這魚腥草雞湯不比炸雞腿好吃，但這可是她奶奶教我，而爸爸我親手煮的雞湯呢！而且魚腥草煮湯有一股淡淡的茶香味道，能解一般雞湯的油膩；雖然我有點擔心小蜜不喜歡喝這雞湯，可是小蜜她是成熟細膩的乖孩子，應該不會給她老爸難堪才是。

小蜜放學以後，回到家裡先皺了鼻子用力聞，然後疑惑地問我：「把拔，今天下午你在煮什麼？」

「魚腥草雞湯啊！隔壁房東太太的婆婆送給我們一大捆曬乾的魚腥草，你奶奶今天在電話裡教把拔煮魚腥草雞湯，所以我花了一個下午就為了煮雞湯給小蜜喝哦！」

「奶奶教的啊！那應該很棒！奶奶跟把拔一樣很會煮菜。」小蜜說話真的相當得體，這一點頗得她媽媽的真傳，一點都不像只會讀書寫作的中文系阿宅她的父親我。

小蜜打開大湯鍋的鍋蓋，探頭看了一眼裡面飄浮著中藥材的雞湯，然後她又問：「今晚是吃飯配雞湯嗎？」

「啊？」我愣住了。

「怎麼了，把拔？」

「我忘了煮飯……」

下一秒，我們父女倆四眼相視，大笑了出來。

食譜 21

1 將魚腥草放在湯鍋裡煮沸後，小火續煮半小時，撈起魚腥草，將湯中殘渣撈乾淨。

2 將洗乾淨的紅棗、黃耆、枸杞適量地放進魚腥草湯中，再倒入適量米酒，小火續煮二十分鐘。

3 汆燙並將雞肉燙熟後，用清水將雞肉洗淨，放入魚腥草湯中，開大火讓魚腥草湯再次沸騰，再改用小火續煮十五到二十分鐘，加鹽巴調味後，熄火，燜約半小時即可。

RECIPE 22

巧克力爆米花

前幾天和小蜜到竹南市區採買食材等補給品，主要是買早餐吃的食物，小蜜說現在麵包太貴了，就買一些白土司和奶油、草莓果醬就很好吃了，我從善如流就買了上述那些東西。

小蜜又想買參考書，於是我們父女兩人在書店又逛了一下，我雖然沒什麼錢，但非常鼓勵小蜜買書的，我告訴小蜜，買書是對書本的一種承諾，每一個買書的人在購買的當下一定隱約對書本許下承諾：「我一定會讀你！這是對你和對知識的承諾，我會因為閱讀而成為更好的人！」

我也希望小蜜能成為更好的人，因此不但要多買書而且要多看書。

我們花了好些時間逛書店，等到決定回家時已經晚上九點多了，竹南不比大都市，有些店家已經打烊了，看過去整條大街稍嫌冷清，大約只有部分藥妝店、速食店和遊藝場所的燈還亮著。

我們步行經過一家擺放投籃機、大型射擊機臺和電動玩具的遊藝場，遊藝場前面有一個爆米花機，透過玻璃可以看見爆米花機內帶著溫度的黃色光線照在機器內的鐵鍋上，被燈泡照得金黃的爆米花彷彿幸福那樣溢出懸空的鍋子。

「好久沒吃爆米花了，上次是小學畢業時和馬麻一起看電影的時候吃的。」小蜜這樣說了一句。

「你想吃爆米花嗎？」

「電影院賣的奶油爆米花比較好吃。」小蜜搖搖頭。

「那把拔做爆米花給你吃好不好？」我突然憶起了小時候，小蜜她奶奶也曾在清水那幢三合院角落略顯潮濕的廚房做爆米花給我和我弟弟吃，心裡不禁有股孺慕的惆悵。

「爆米花？把拔會做爆米花？」小蜜轉頭指著那早已被我們拋得遠遠後頭的爆米花機說道：「可是爆米花不是要用那種專門的機器嗎？我們家裡沒有哩！」

咦？我以為小學的時候大家都曾經用酒精燈或蠟燭在自然課玩過爆米花，我就是因為在自然課看過老師和同學爆米花，所以才會要求小蜜她奶奶也在家裡廚房做爆米花給我們吃，沒想到小蜜不知道我們自己也可以在家裡做爆米花。

我把以前我和我弟小時候的往事告訴小蜜，她的祖母用一般的大炒菜鍋就做了我和她叔叔怎麼都吃不完的爆米花，而我們只要用平底鍋就可以做出自己想要的爆米花了。

「我們如果去買巧克力，還可以做巧克力口味爆米花哩！」

「那我們趕快去買巧克力和玉米！」小蜜眼睛發亮說道。

不過我們又回到超市買了乾燥的玉米粒，然後小蜜在車上哼著歌催促我趕快回家做爆米花。

做爆米花重點是選擇對的玉米粒。

我告訴小蜜能夠拿來爆米花的玉米和一般煮湯用的不太一樣。一般用來煮湯的玉米粒因為含水量太多，會沒辦法炸開。如果沒有買到爆米花可用的乾燥玉米，也可以把玉米曬乾，可是完全曬乾的玉米因為沒有一丁點水分也沒辦法炸開。

回到家裡，小蜜就督促著我熱油鍋，準備爆米花。

爆米花其實是一道簡單又有趣的料理，雖然它是一道「吃不飽」的零食，讓多數大人們都不會想要去做這道食物，但其實還蠻能喚起我們的童年。

這道料理首先就將油鍋加熱，可以在油裡面撒點糖或鹽，等熱了油鍋後，就把玉米粒丟下去，蓋緊鍋蓋，需要注意的是要偶爾搖晃平底鍋，讓玉米平均受熱，這樣才不會底下的玉米都燒焦了而上層的玉米卻不會爆開。

大約兩分鐘左右，鍋子裡的「玉米粒們」就會好像有生命似地爆開來，而且聲音會越來越密集，這時候就要更頻繁地搖晃鍋子，抓緊時間讓玉米粒都能受熱爆開來。這時有個最需要注意的重點，就是蓋緊鍋蓋不准打開。

不然不但沒有好吃的爆米花，而且還會讓爆射出鍋子的爆米花釀成一場大災難。

因為答應小蜜要做巧克力口味的爆米花，因此得用巧克力來做巧克力醬，我們只是買很普通的巧克力塊，雖然我不曾做過巧克力，但我還是有「巧克力要隔水加熱」的這小常識，把超市便宜買來的巧克力塊加熱融化後，就將剛剛爆好的爆米花倒入巧克力醬中，快速攪拌了一下，讓所有的爆米花都沾上巧克力，等稍微冷卻凝固之後就可以吃了。

看著小蜜開心吃著巧克力口味的爆米花，彷彿讓我也看見我不曾陪伴過她的童年……

食譜 22

1 熱油鍋，可在此刻加鹽或糖到油鍋裡，然後將爆米花用的玉米粒下油鍋，蓋緊鍋蓋，偶爾搖晃使玉米受熱均勻。

2 當第一顆玉米爆開後，平均五、六秒左右搖晃一次鍋子，使玉米粒都能受熱。

3 當玉米爆開的聲音停止後，爆米花就完成了！如果要添加巧克力口味，可將沒有其他內容物的巧克力隔水加熱，將爆米花沾上巧克力醬即可。

RECIPE23

草莓煉乳刨冰

暑假剛開始而小蜜的暑期輔導課又還沒開始的時候，我帶女兒回清水老家看爺爺、奶奶，這一次我們在清水家裡住了幾天，小蜜晚上就睡我弟弟的床鋪。我和我弟弟過去是同住一個房間，睡上下鋪。

我告訴小蜜這房間還保持著我國中的樣子，牆壁上貼著好幾張近二十年前的動畫海報，海報印刷的品質很好，並沒有褪色，可是有灰塵附著在上面，我曾用功準備考高中的書桌下夾著當時報紙上剪下來的小品文章，報紙都發黃了，但文字仍清楚可見。

從那發黃的剪報小品，可以知道我在少年時期的品味。

依舊積了灰塵的書櫃上，雜亂排列從小學時代到中學的書籍，有已經無法湊成整套的《漢聲小百科》、《中國歷史故事精選》和很多勵志書籍，書櫃缺了一塊玻璃，那是不知道哪一次地震時弄破的。

破了就破了罷，沒有人想找玻璃行來把記憶綴補。

「為什麼房間裡的擺設都沒有變呢？」小蜜用眼神徵詢我的同意，拉開我書桌的抽屜，凌亂的講義夾裡夾了幾封和國中同學的通信，那還是個盛行用手寫信的時代，即使每天都會見面的朋友，我們仍可能用文字和郵票悄然交換彼此的秘密。除此之外，還有幾塊錄音帶，一副遊戲紙牌，散落的橡皮筋和當年珍惜的鐵製胸章。

「因為升高中以後，我就離家住校了！然後大學以後也都在外求學，很少回來了，回家也不會特別去動房間的擺設……」我短暫回憶追索那些彷彿水面上細微波紋的記憶，指著我弟同樣沾了層灰的書桌對女兒說道：「你叔叔在我離家的第二年同樣也到外地求學、當兵然後工作，所以他的書桌也都保持著當年的樣子呢！」

「我可以到處看看嗎？」

「笨蛋，當然啦！這也是你家呢！」

小蜜真的就到處翻看，也看了他爺爺十幾年前畫國畫的畫室，畫畫是他爺爺從前的興趣，家裡仍累積了不少畫好的或還沒用過的宣紙，小蜜把那些製成捲軸的國畫一張張攤開，然後一次次地表現出她的驚訝。

然後她一頭鑽進頂樓狹小的儲藏室裡，儲藏室裡有父母教學多年製作的教具，我和我弟的寫生畫板、調色盤，某一年元宵節去參加花燈比賽的燈籠，暫時用不到的補鼠籠，別人送的碗盤。

還有好幾疊用繩子整齊綁好的書籍，那些大多是我和弟弟的教科書、參考書和漫畫。

「咦？那是……刨冰機？」小蜜在滿室灰塵的儲藏小間中，看見擺放在一個整理箱上用報紙包起來的東西，那東西從報紙縫隙中露出把柄的部分，很容易就能猜到那是個手搖刨冰機。

「對啊？那是刨冰機。」我記得那是我們剛從小蜜她曾祖父、母家的三合院搬出來那年暑假買的，那一年，我和我弟弟也剛學游泳。每次媽媽開車從游泳池接我和我弟回家以後，就可以吃刨冰了。

記得刨冰料可能有紅豆、綠豆、愛玉、粉圓、花生再淋上糖水，有時也有巧克力醬或草莓醬，那種冰冰甜甜的滋味可真是那個夏天最棒的回憶了！

「把拔，我們也來做刨冰好不好？做給爺爺、奶奶吃。」小蜜抬頭對我說道。

「好啊！那我們得先把它拿下來洗乾淨，你去問奶奶有沒有開水可以放冷凍庫。」並不是我特別寵小孩才聽從了小蜜的要求，是我也蠻想用這臺刨冰機重溫舊時的美好記憶。

小蜜蹦蹦跳跳跑下樓到客廳去找正在看電視的爺爺和奶奶，不久傳來她的聲音：「奶奶說可以，把拔你快把刨冰機拿下來！」

當我把刨冰機拿到廚房清洗乾淨後，小蜜和她奶奶也把好幾鍋冷開水冰進冰箱冷凍庫裡。然後我就騎我媽媽的機車帶小蜜去買刨冰的材料。

我實在忘記當年的刨冰母親究竟加了什麼樣的配料，因此我和小蜜隨便買我和她愛吃的，幾個小時後，我和小蜜分工合作，我負責刨冰，小蜜負責把佐料加在刨冰上。

我們的刨冰是這樣的，在滿滿一盤的刨冰中間用湯匙挖了個洞，用兩球香草冰淇淋填進去，然後挖了一大杓布丁放在冰淇淋旁邊，把巧克力捲心酥餅乾弄成碎片隨意撒在刨冰上，然後大匙、大匙的草莓果醬放上去，用切半的草莓來裝飾，然後灑上糖水，最後將煉乳罐頭打了兩個小孔，細細地讓煉乳淋上去。

小蜜的爺爺本來推辭說他不要吃刨冰，都已經是老人家了，吃什麼冰！因此我們只做了三盤刨冰給小蜜她奶奶、小蜜和我吃而已，但小蜜的爺爺看到這盤刨冰這麼豪華豐盛，忍不住要求小蜜她奶奶分他一點。

「這應該比小蜜她奶奶從前做的刨冰還豐盛美味！」小蜜她爺爺說道。

「這還用說！是我兒子做的耶！」

可是，媽，你不知道，在我的想法裡，那年你做的刨冰比起我今天和小蜜用冰淇淋、布丁堆疊起來的美味還好吃！

RECIPE 24

麻油豬肝湯

我和小蜜從她清水爺爺家回來的第二天中午，小蜜用既興奮又夾帶些許緊張的聲音對我說道：「把拔，我那裡流血了！」

「流血？怎麼了？」我突然緊張起來，身為一個正在攻讀博士的把拔，視線急忙從電腦螢幕上那堆尚未形成學術論文的生硬文字移開，端詳小蜜那稚嫩的臉蛋。看小蜜的表情好像不是哪裡受傷，反而有些羞澀的樣子，我楞了一會兒才懂，小蜜的月經來了！

呃，月經來了該怎麼辦？

以一個身為專業學術阿宅的老爸而言，在沒有其他人可以問的情況下，當然先用Google搜尋關鍵字或者上「知識+」找答案。然後我就開始研究網頁上的文字：

女生月經來了，就代表開始具有生殖下一代的能力，月經來的血量因人而異，月經並不是疾病，只要像平常一樣……

「欸，把拔、把拔！」小蜜拉著我的衣袖。

「什麼事啊？我正在研究耶！」我沒有看她。

「把拔，你是不是可以先去幫我買衛生棉……」小蜜害羞說道。

「啊？對哦！我馬上就去，你先在家裡休息一下。」我真是的，竟然只顧著瀏覽網頁，反而忘記最重要的事情。

我急忙穿好外套、抓起出門前絕對不能忘記的「三寶」：錢包、手機、鑰匙，就準備出門，出門前還問小蜜：「小蜜，你習慣用什麼牌子的衛生棉？」

小蜜漲紅了小臉，不知道該做什麼表情：「把拔，我那個第一次來耶！我怎麼可能會有慣用的牌子！你隨便買就好了。」

說的也是，我實在沒有什麼做把拔的經驗，急忙應聲好就出門了。

平常我和小蜜買食材或用品都會選比較便宜的，可是不知道小蜜會喜歡用什麼牌子的衛生棉。在超市裡，我站在衛生棉那一排架子仔細比價了好一會兒，最後為了女兒的身體健康，還是先買最貴的三種產品，讓小蜜自己去感覺、去比較，畢竟這種和身體比較親密接觸的東西，應該買比較好的牌子會比較舒適。

把三包衛生棉放進購物籃裡，才發現又有什麼衛生棉條、衛生護墊的東西，我搞不懂什麼叫衛生棉條和護墊，以前和小蜜她媽媽交往時，小蜜她媽媽好像也買過衛生護墊，但她沒有跟我解釋那麼多……

我有點苦惱了一下，又隨便挑選了兩包，小蜜應該會用吧？如果不會用的話，她可以打電話問她媽媽或者她已經有月經的同學。

然後我想到小蜜她媽媽月經走了以後好像都會去中藥房買四物燉煮調養身體，應該買什麼給小蜜補一補身才對，應該買些什麼呢？

我買了一瓶家庭號的鮮乳，又想到豬肝應該可以補血，下午這時候市場裡的豬肉攤應該已經收了，只好在超市選了兩盒用保麗龍盒裝的豬肝，豬肝不但可以用煎的、也能炒菜用，還可以煮豬肝湯呢！

我心想著回去就先煮一鍋豬肝湯給小蜜喝。

我回家把一大袋衛生棉、衛生護墊和棉條都丟給小蜜，讓她去折騰那些東西。

我就開始在平底鍋上添了三匙麻油，大火熱鍋，一邊把老薑和豬肝切成片狀，薑片要放進油鍋去爆香，然後把豬肝放進去煎，豬肝非常容易熟，所以用大火快煎時要注意，只要煎到半熟就好了，半熟以後加入半碗米酒，煮到酒滾了以後把豬肝片撈起來。

然後加兩碗的水，繼續開大火讓湯沸騰，加一點點鹽調味道，然後放進豬肝片，小火續煮一分鐘熄火。

我煮好豬肝湯以後，盛了一碗端給小蜜，命令她喝完：「喝這個補血，快趁熱喝！」

為什麼喝湯總是要趁熱喝呢？可能比較好喝吧？總之，我也對小蜜講了這樣沒有創意的臺詞。小蜜滿是感激地接過這碗湯，喝了一小口然後皺眉：「酒味好重哦！」

「麻油豬肝湯本來就是這樣，豬肝也要吃哦！豬肝才是重點。」

「知道啦！謝謝把拔，對不起，讓把拔那麼辛苦。」

小蜜，你別這樣說。是我對不起，讓你沒有一個完整的家庭，雖然我不是一個好爸爸，也沒辦法真的代替媽媽的功能，但我會好好學習怎麼樣照顧你，看你健康長大。

食譜24

1 用麻油熱鍋，切老薑片放入油鍋，開大火爆香，把豬肝切成大約半公分厚度放進油鍋煎至半熟。

2 豬肝片半熟後，加上半碗米酒，煮至酒滾了以後，把豬肝片撈起。

3 加入兩碗水至鍋內，大火繼續煮到湯沸騰，用一點點鹽調味（約半匙），然後放進已經熟的豬肝片，小火續煮一分鐘即可。

RECIPE 25

綠茶滷肉

小蜜的暑期輔導開始以後，他們學校的體育課上有體適能檢測，小蜜回家以後興沖沖地告訴我，她的體脂肪只有11％，算班上非常瘦的女生。

瘦很好哇！現代的人都太胖了！連我現在步入中年以後都有一些鮪魚肚了呢！一開始我是這麼想的……可是當我寫論文到一個段落，覺得無聊稍微上上網，想起小蜜跟我說她的體脂肪，究竟11％是不是健康的標準呢？我Google了一下關鍵字，才發現小蜜的體脂肪實在是太低了，網頁上告訴我們：「體脂肪太低也對健康不利，女性甚至會有停經的現象」。

這樣不行！小蜜得胖一點才行，我有發現小蜜晚餐時不是只吃半碗飯就是一碗麵吃不完，得讓我幫忙吃掉碗裡剩下的食物。

我告訴小蜜說：「喂！小蜜，網路上寫體脂肪在14％以下就太瘦了，你這樣很不健康，以後得每餐吃兩碗飯，我們家的飯還夠吃，你得盡量吃！」

「哎唷！把拔，人家不可能吃完兩碗飯，小蜜怕胖！」

「胖一點比較健康！」

「瘦才健康好不好！」

「可是你太瘦了。」

「我覺得還算標準，而且我胃口小，不可能吃得下兩碗飯。」

我轉念一想，一下子要求小蜜增加飯量好像不太實際，得給小蜜多吃一點肉，話說「坐而言，不如起而行」，等等就去買大塊豬肉來滷，每天都要小蜜吃滷肉，得讓小蜜胖起來才好。

我把我的想法告訴小蜜。

「小蜜才不要每天吃滷肉，滷肉太油膩了。」

「把拔有一道連你奶奶都不會的滷肉秘訣哦！保證不油膩。」我故做神秘地說道。

「什麼秘訣？為什麼奶奶不知道。」

那是我高中快畢業時的事了，因為我早已因推薦甄試確定了錄取花蓮的大學，整天無所事事，於是小蜜她奶奶就建議我去找打工，我就在清水高中對面的一家茶舖找到打工的機會，我只是個小小工讀生，平常只要負責端碗盤、洗碗盤和擦桌子、掃地。

通常清水這鄉下地方在下午的時候沒什麼客人，那時除了和店長、店員聊天外，大方的店長也讓我們可以練習調配特調飲料。

飲料的配方和秘訣都印成A4大小的紙貼在櫃臺後面，可以任我們工讀生偷學，而我最好奇的是店裡最熱賣的那一小盤的小菜「滷雞胗」，一小盤當年就售價五十元，非常昂貴可是銷路卻很好。

在一個沒有客人的下午，我對那時年近四十的單身女店長詢問了這道菜，在櫃臺內擦乾玻璃杯的年輕店員小賴不禁朝著店長笑道：「店長，你看帝希也對這道菜很好奇！這道菜很紅，如果改滷五花肉、豬腸什麼的，改開個小吃店賣這些小菜，說不定生意會更好！」

「去！我開這家茶舖就是為了提升清水的人文飲食水準，不要只有車輪餅、米糕和乾麵，別叫我開小吃店。」店長輕蔑地揮手，對店員小賴的建議嗤之以鼻，不過她隨即叫小賴切盤雞胗來請我們吃。

我和店長、小賴還有另一個和我同時進來的女工讀生倩倩，用竹籤吃著小賴他切好的滷雞胗，有股淡淡的清甜，那時候我不知道是什麼，只是讚美道，真的很好吃，很爽口。

「那是茶葉的味道，就是我們店裡賣的茉香綠茶，每天早上我們店員煮好一鍋茶以後，就先裝一公升拿到後面廚房去滷雞胗。」比我大一歲，當年十八歲在讀夜二專餐飲科的小賴哥神氣地說道。

「小賴，把滷雞胗的口訣食譜背出來讓帝希和倩倩聽吧？」店長略帶笑意地點點頭，要求櫃臺後面的小賴背口訣。

我曾經把那秘方抄下來，幾個月後還慎重地用我剛擁有的第一臺電腦打字，存在磁碟片裡，可是現在已經不知道把磁片丟到哪裡去了！但我已經知道，滷雞胗要清甜爽口、不油膩的秘訣就是「綠茶」。當然，我沒辦法像當年店長到南投的茶園裡去品茶，選購出品質不錯的茶葉來，但對我和小蜜來說，應該用一般的綠茶就夠了。

我驅車到後龍黃昏市場的豬肉攤上買了一斤五花肉，因為我不曾自己滷過一整鍋豬肉，還在攤子上問了老闆娘怎麼滷肉，然後依據老闆娘的說明到附近雜貨行買油蔥酥、大蒜酥、八角、冰糖、大紅辣椒、五香粉和一瓶紹興酒，最後又到便利商店買了一瓶六百西西的日式無糖綠茶，這樣買下來也花了不少錢，可是為了女兒的體脂肪增加大作戰！

這點錢還是不能省的。

根據豬肉攤老闆娘的食譜，先把五花肉切塊，呃……這一點她請她那看起來一臉橫肉，活像《水滸傳》裡魯智深的老公先幫我切塊切好了！然後把五花肉塊放入熱油鍋中，稍微煎出香味來。

然後燒開一鍋水。

滷肉的材料雖然多，烹飪調理過程卻很簡單，把所有雜貨店買來的材料丟進水開沸騰的湯滷鍋中，當然不是通通丟進去啦！是適量的放進去……

以一斤五花肉的份量，大約兩匙油蔥、兩匙大蒜蔥、三粒八角、冰糖適量、一包五香粉，三根洗淨的大紅辣椒、兩根蔥切成長蔥段，又放了一塊家裡本來就有的老薑，然後倒入適量醬油讓水的顏色看起來像滷汁的顏色，再慢慢倒進紹興酒，稍微有一點紹興酒味可是不會太嗆為止。

等滷鍋再一次滾了以後，用湯匙撈出滷汁上面的浮油，扭開便利商店買來的無糖綠茶瓶蓋，就整瓶豪爽地通通倒進滷鍋，再小火慢慢熬煮一小時就好了。

一小時候，我等著小蜜告訴我：「把拔，你滷的肉真的一點都不油膩呢！」

食譜 25

1 將一斤五花肉切塊，稍微用油鍋煎過。

2 煮滾一鍋水，把兩匙油蔥、兩匙大蒜蔥、三粒八角、冰糖適量、一包五香粉，三根的洗淨大紅辣椒、兩根蔥切成長蔥段、半塊老薑放進沸水中，倒入適量醬油和紹興酒。

3 等滷汁又滾了以後，撈起滷汁上的浮油渣粒，倒進一瓶無糖綠茶（說不定含糖的、或咖啡綠茶也可以？），小火慢煮一小時。

RECIPE 26

菠菜肉排

因為夏天到了的關係，前一陣子常去市場買仙草回來煮，冰冰涼涼地讓小蜜消消暑，但小蜜可能吃了太多冰仙草，月經來時肚子痛得不得了，常看她寫暑期輔導作業寫到一半抱著肚子叫痛，額頭上滲出斗大汗珠，或者躺在床上抱著哈姆太郎的棉被打滾，我這個做爸爸的有點自責，問了小蜜她奶奶該怎麼辦，然後聽了她奶奶的話煮了紅糖薑湯、買巧克力給她吃。

又聽說菠菜含有豐富鐵質，所以特別選中午菜市場快收攤菜販們急著想把菜便宜賣光回家的時候，去低價買了好幾把菠菜，打算大把大把地炒給小蜜吃。

「菠菜？」小蜜放學回家後，還沒換下制服看到餐桌上一大把菠菜就皺起了眉頭：「把拔，以後可不可以不要買菠菜，菠菜有一股怪味道小蜜不喜歡！」

「呃？你不喜歡菠菜？可是把拔的小時候，菠菜可是我最喜歡的蔬菜了！」我發現和女兒小蜜住在一起，我變得喜歡說故事了，尤其喜歡說從前的事，就連學校裡修國文課的學生好像也感覺到這一點……

「為什麼？」小蜜深鎖眉頭的樣子，隱約有她母親埋怨我時的神情。

我告訴小蜜，在我還是小鬼的時候，有一部卡通叫做「大力水手」，主角就是一個名叫「卜派」的大力水手，當然卜派平時力氣普通，但只要他吃下波菜罐頭，立刻二頭肌暴脹，變得力大無窮打敗壞人、保護女朋友奧莉薇，是我和她叔叔小時候欽羨的英雄，因此常常吵著媽媽想吃菠菜。

「那關人家什麼事，小蜜可不想有二頭肌，力氣小一點有什麼關係？」小蜜甜甜對我一笑，撒嬌說道：「人家力氣小，可是把拔會保護我對不對？所以把拔菠菜多吃一點，小蜜只要吃一點點就夠了。」

「可是波菜含有豐富鐵質，女生應該多吃，可以補血，你不是月經剛過嗎？前一陣子流了很多血應該補一下。」

「可是，把拔你說！那部卡通的女主角奧莉薇有吃很多菠菜嗎？如果她吃很多菠菜也可以補血、還可以變得力大無窮保護自己。」

小鬼就是好和父母辯論，即使連乖巧的小蜜偶爾也會不聽話和老爸頂嘴，溝通了好久，最後她才勉強乖乖點頭說：「如果把拔炒菠菜，小蜜會勉強吃幾口！」

「吃幾口？」換我皺起了眉，怎麼樣才能把菠菜變得讓小蜜喜歡吃呢？

坐在電腦桌前把寫到有點瓶頸的學位論文初稿放一邊，開始想如何讓小蜜喜歡上吃菠菜呢？

於是有了今晚的這道菜「菠菜肉排」。

我一邊想，一邊做一道連討厭波菜的小蜜都會喜歡的波菜料理……

就跟做美式漢堡肉的方式有點像，首先把絞肉加入適量鹽巴、黑胡椒和醬油拌勻稍微醃一下，然後將菠菜剁碎後和大蒜末一起放進滾水燙熟，我突然覺得菠菜放到肉排裡面可能口感不太夠，得用什麼來增加口感呢？

四處張望搜尋了一下食材，然後打開冰箱發現了一瓶用來配稀飯的辣筍絲罐頭。

「這也許可以用。」我把吃了一半的筍絲罐頭倒在大碗裡，用清水沖掉那些辣油，用菜刀把那些筍絲剁成丁狀加一點點麻油去醃，又切了些蔥花。

然後把醃好的絞肉和燙過的菠菜、筍絲丁、蔥花混在一起，加上一顆蛋、麵包粉和少許太白粉攪拌均勻，就可以將食材拍打一下後壓揉成餅狀。

我一邊做，一邊開火熱了油鍋，將肉排煎至兩面都熟了即可。

由於我希望這是一道清爽的菜餚，因此夾起肉排後又用紙巾稍微瀝了油才放在晚餐的盤子上，菠菜混合在肉排裡面，而且又有了筍絲的爽口清甜，煎好肉排之後，我又燙了一盤花椰菜當配菜，才叫小蜜吃飯。

小蜜疑惑地看著今晚的菜色，抬頭問我：「把拔，菠菜呢？」

「在肉排裡啊！」我指著桌上的菜說道。

她看了一眼表皮顏色有白有綠的肉排，狐疑地用筷子夾起來，輕輕咬了一口，神色頗複雜的咀嚼。

「怎麼樣？好不好吃……」對這道菜我真的頗沒自信，因為一邊想、一邊做的嘛！

「把拔好奸詐，把菠菜藏在肉排裡面。」小蜜沒有正面回答我，只是用撒嬌和佯怒的眼神瞪了我一眼。

食譜 26

1 絞肉加入適量鹽巴、黑胡椒和醬油拌勻稍微醃一下。

2 菜剁碎後和大蒜末一起放進滾水燙熟。

3 辣筍絲罐頭將辣油洗淨，加入少許麻油攪拌，切蔥花混合備用。

4 將前三個步驟的食材攪拌一起並且加上雞蛋和麵包粉、少許太白粉調勻。

5 將步驟四的食材拍打到有彈性，壓揉成餅狀。

6 熱油鍋，將肉排煎熟即可。

RECIPE 27

豆腐起司雞蛋餅

那天我下了課以後，看到手機螢幕上有兩通小蜜她媽媽打來的未接電話，也許她想問小蜜的情況，雖然我和她沒有在一起了，畢竟女兒是兩個人的，總得心平氣和地為女兒的成長著想，好好討論一下女兒她的近況。

我回撥了電話回去。

小蜜她媽媽在電話中告訴我，她現在的男友已經知道小蜜的存在，也看過照片，所以她現在可以把小蜜接回雲林去養。

「可是小蜜現在住這好好的，一下子又搬回去不習慣吧？」雖然小蜜佔用了我的床，而我也知道小蜜可能有一天就會不住這邊，因此從來沒有想要去另外買一張行軍床的想法，就直接在地上打地鋪，可是我也沒有預期小蜜這麼快就要回雲林。

「你住的那什麼地方？很偏僻、離國中很遠吧？小蜜她怎麼上學？」小蜜她媽媽冷冷的問。

「騎單車啊！如果下大雨，我也會接送。」

「冬天的話，又有輔導課晚回家，那時天都黑了，你們鄉下偏僻又沒路燈，你不怕小蜜會發生危險嗎？而且你說你一個男人跟正在讀國中的國中女兒兩個人生活，總是比較不方便！」小蜜她媽媽停頓了一下語氣，又輕又冷地拋出一句質詢：「不是這樣嗎？」

我心想的確是這樣，而且若不是電話中這女人每個月轉帳小蜜的生活費給我，買小蜜的衣服、鞋子、文具、書籍和輔導費之類的，肯定會讓我更加拮据。我的確在這女人面前抬不起頭，現在的我，沒有資格和她爭奪扶養女兒的權利。

「你說得對，你想怎麼做就怎麼做吧？要我告訴小蜜嗎？」我嘆了口氣，鬆口了。

「不必了，我過幾天會打電話給她的，你有幫她的手機易付卡儲值嗎？」

「有、有，上禮拜還給她兩百塊去儲值。」

談完事情，小蜜她媽媽掛了電話。我的心情有些複雜，我當然知道我目前的狀況不適合養育小蜜，也沒辦法給她一個很好的生活環境，但哪有一個爸爸會不想跟自己的子女共同生活呢？可是轉念一想，她媽媽的確才能更妥善地照顧她……吧？

大概小蜜很快就要回雲林了，今天去買個豆腐、起司什麼的，小蜜喜歡的食材

買了豆腐和起司片後，才想到起司和豆腐可以一起做料理嗎？關於豆腐的料理，每個家庭主婦都可以輕易弄出好幾道不一樣的菜餚，起司也能和削皮馬鈴薯一起烤、煎蛋餅或做焗烤，可是起司和豆腐可以一起當成晚餐的菜色嗎？

總不能來一盤奶油海鮮焗烤再配上麻婆豆腐，感覺怪怪的。

所以，有了這道創意料理，「豆腐起司雞蛋餅」。

再嘗試了幾次失敗後，我終於好好地把豆腐炸成我理想中的模樣，這道菜是這樣的……

把菜市場買回來的老豆腐切成半公分厚度的長方形，類似長方形三明治那樣大小，撒上鹽和胡椒粉調味，然後用淺盤裝了些麵粉，把豆腐放在淺盤裡沾裹上些許

麵粉。

在豆腐上面擺上冰箱裡用來做早餐的苜蓿芽，接著放起司片，再放苜蓿芽，最上層以豆腐蓋住，做成類似三明治的樣子。然後打了一個雞蛋攪拌成蛋蜜色的蛋汁淋在豆腐上面，盡量讓豆腐的表面都沾上了蛋汁，最後撒上麵包粉。這樣下來，豆腐的表面就有了麵粉、蛋汁和麵包粉三種口感，在放進平底鍋煎得金黃以後，這道豆腐起司雞蛋餅會有相當豐富的味道。

麵包粉的酥脆、蛋皮的鬆軟、麵粉的韌Q、豆腐的滑潤、苜蓿芽的清爽、起司的濃郁，我希望小蜜能喜歡這道料理，並成為她在苗栗的回憶之一。

不過小蜜第一眼看到這道菜卻是皺了眉頭，她有點佯怒：「把拔，怎麼又是煎肉排？前幾天才把滷肉吃完，然後就是肉排，今天又是另一道肉排，這樣人家會胖。」

「別這樣說嘛！把拔就是希望你胖一點，你體脂肪太低了，你們體育老師一定也說你不健康！」

「體育老師才沒這麼說哩！」

「快去洗手吃飯，不要任性了！」我一邊吩咐小蜜，一邊用吸油紙瀝乾了煎餅上的油脂，把煎餅放在盤子上，又在上面淋上些許蕃茄醬。

小蜜洗完手，端著碗筷走近餐桌，夾了一塊煎餅起來吃，然後臉上先是複雜的表情，然後是豁然開朗的驚喜：「是起司、苜蓿芽和豆腐！把拔，你把起司放在豆腐裡面了！真的好神奇的煎肉！」

豆腐和肉一樣都有蛋白質，而且起司還有豐富的鈣質。小蜜，你喜歡吃的話，就多吃一點！以後把拔可能就不能陪你吃飯了。

食譜 27

1 老豆腐切成半公分厚度的長方形，類似長方形三明治那樣大小，撒上鹽和胡椒粉調味。

2 用淺盤裝了些麵粉，把豆腐放在淺盤裡沾裹上些許麵粉。

3 豆腐上面擺上苜蓿芽，接著放起司片，再放苜蓿芽，最上層以豆腐蓋住，做成類似三明治的樣子。

4 打一個蛋攪拌成蛋汁，均勻淋在豆腐上，最後撒上麵包粉。

5 熱油鍋，將豆腐餅煎至兩面金黃即完成。

RECIPE 28

紅豆+豆花

為了節省早餐的費用，我們去量販店搬了兩箱小瓶裝無糖豆漿回來，兩箱共四十八瓶，但目前我和小蜜才喝掉十五瓶，小蜜她媽媽已經跟我確定了來接小蜜的日期，她希望在國中下學期開學前能夠讓小蜜轉學回去，這樣方便小蜜在功課上能夠銜接，看來我和小蜜是來不及一起把這兩箱瓶裝豆漿喝完。

小蜜也知道了她媽媽要她搬回去這件事情，她哀怨地說把拔雖然總是在房間讀書、寫論文，但總算是在陪她，但回到雲林，媽媽一天到晚工作，即使媽媽回到家，客戶或銷售點的店長來電就必須立刻出門，她覺得好孤單。雖然如此，心態上已經相當成熟的小蜜當然知道，給誰養育小孩這種事，大人一旦決定了，小孩幾乎沒有抗議的權力。

而我放棄和小蜜一起生活不代表我不愛她，而是我知道讓她媽媽照顧她，她會有更好的生活，即使只是物質上的……

畢竟，小蜜的老爸是連下學期聘書都不一定可以拿到的兼任講師。

小蜜她不高興卻又不得不接受現實，因此她最近食慾很不好。而我面對那些本來為小蜜買的豆漿而卻沒辦法和小蜜一起喝完也感到一絲惆悵，有一天下午小蜜還在學校的時候，我面對那些豆漿發呆，然後靈光一閃，就來做豆花吧？拿一些豆漿來做豆花，即使甜一點又有什麼關係呢？

把豆漿變成豆花，只需要糖和洋菜粉而已。

不過我的廚房裡沒有洋菜粉這種東西，只好開車到附近的雜貨店去買了，在雜貨店裡又順便買了一小包紅豆。去買了洋菜粉回來以後，就可以先開始煮豆漿了，把八瓶豆漿倒進鍋子裡，煮開之後加入適量洋菜粉，就好了！

當然「適量」這個名詞有點難抓，但得看豆漿的濃度和洋菜粉的品質，有時會做得太稀、有時會讓豆漿硬梆梆的，比豆乾還難啃，過去我也曾做過幾次，反正一個人住，可以隨便煮、隨便吃，除了醬油拌飯、仙草塊，也曾以豆花或量販店的蘋果作為主食。

做豆花的經驗當然還算駕輕就熟，把豆花加入洋菜粉放涼。

接著要煮紅豆了！外面賣的豆花都會加花生、紅豆的，但我過去自己煮的豆花倒都沒有加過紅豆，也沒煮過紅豆湯這種東西來喝。

紅豆湯究竟要怎麼煮呢？

記得小時候，小蜜她曾祖母會用電鍋煮紅豆，大概是和煮飯的方法差不多，我把一杯紅豆洗乾淨放進電鍋裡，然後放了六杯水下去蒸煮，因為心想紅豆要煮爛一點才好吃，所以外鍋放了三杯水，但等到電鍋煮好跳起來後，我才發現這鍋紅豆湯忘了加糖，於是加了兩大湯匙的糖下去後，我又在外鍋放了兩杯水，繼續讓紅豆湯煮了一會兒，然後燜著等小蜜放學回家。

後來想想又不對，好像除了我自己外，沒有人在吃熱豆花的，於是趕快把豆花和紅豆湯連同鍋子拿到浴室泡著臉盆的水降溫，等到豆花和紅豆湯降至常溫，就拿去冰箱冷凍庫裡急速冷凍。

這樣小蜜回來的時候，我們就有冰豆花的宵夜或餐後甜點吃了。

「好甜啊！」晚上九點以後的宵夜時間，小蜜吃得開心。我在想，說不定不管對幾歲的女孩來說，甜食是能讓女性開心的食物。

平常我和小蜜在房間吃飯的時候，她總是坐在餐桌旁邊，而我是坐在電腦桌前的椅子，可是，吃豆花的時候，我想坐在小蜜旁邊一起吃。

小蜜問我為什麼，我告訴她，在我很小的時候，和爸爸、媽媽還有弟弟都住在她曾祖父的那幢三合院時，有一陣子每天晚上她那清水爺爺總會帶我們一家人出來散步，在清水的觀音廟口吃豆花，一家人就這樣並肩坐著吃豆花。

「清水的觀音廟口並沒有豆花店啊？」小蜜眨著眼睛望向我，前一陣子我們回清水住了幾天，高美濕地、紫雲巖觀音廟、鰲峰山和我曾讀過的小學，我都帶她去過，因此她知道觀音廟前面並沒有豆花店。

「那不是豆花店，是近三十年前有個老伯總在晚上大家吃過晚餐後，拉著人力拉車，拖著兩三桶豆花和小罐配料到清水廟口廣場賣豆花，那時應該是夏天吧？所以吃冰豆花時非常舒服，後來賣豆花的老伯就沒出現了，這麼多年了……他一定過世了。」我摸摸小蜜的頭，有些惆悵地說道：「我很想念跟你爺爺、奶奶還有你叔叔一起坐著吃豆花的情景。」

「把拔別難過，現在有小蜜陪把拔一起吃豆花喲！」小蜜放下裝豆花的碗公，輕輕抱我一下。

對啊，現在有小蜜陪我一起吃豆花……

食譜 28

1 六瓶245ml的無糖豆漿煮沸，加上適量洋菜粉，靜置放涼。

2 在電鍋內鍋裡放入一杯紅豆和六杯水，外鍋放三杯水，電鍋加熱跳起來後，再加適量紅糖，外鍋再放一杯水，續煮，煮開後燜兩到三個鐘頭。

3 把步驟一、步驟二的豆花和紅豆湯放涼，冰起來即完成。

RECIPE 29

奶油香菇海陸雙拼電鍋飯

雖然和小蜜相處、一起吃飯的時間只剩下幾天，但我們也有沒辦法一起吃飯的時候，例如早上想睡得比較晚，錯過早餐時間，而小蜜的午餐總是在學校吃的，另外就像這一天的情況，我參加了一個在臺南舉辦的學術研討會，得到臺南去發表論文才行。

研討會下午五點結束，而偏偏我是倒數第二個論文發表人，得留到最後一場次的會議結束才行，如此一來，即使我搭高鐵也趕不回來做飯給小蜜吃。何況，高鐵也不停苗栗，因此我開車南下參加會議，得很晚才會回到家。

「那你會在臺南吃晚餐嗎？」前一天小蜜這樣問我。

「可能會、也可能不會，因為我想會議結束後馬上回家。」和小蜜相聚的時間不多了，我不想逗留在臺南把時間浪費掉。

「那我等把拔回家再吃晚餐。」

「不行，你回家時順便去買一個便當好不好？」

「不好，如果沒有把拔煮的晚餐，我就等把拔回來。」我不能責怪小蜜的任性，因為小蜜的任性其實是對即將離開我的抗議。

於是，我心裡有了個決定。

家裡沒有微波爐，不能事先把晚餐煮好冰在冰箱，然後再叫小蜜微波，可是家裡有電鍋，可以用來煮電鍋菜，我可以在幾個小時前先把菜放進電鍋加熱，然後等小蜜回家剛好可以吃。

於是有了「奶油香菇海陸雙拼電鍋飯」這道菜，這道菜的名字很長，但它只是很簡單的電鍋飯。

這道料理實際狀況是這樣的，把一杯米洗淨，放在內鍋，加上水煮鮪魚半罐一起蒸煮，然後在電鍋內鍋上放置第二淺鍋，把金針菇、香菇平鋪在淺鍋裡，放一塊奶油於香菇上，為了怕這樣的晚餐不夠豐富，所以我又用鋁箔紙包了一小塊肉排放在香菇旁邊。

既然拿了鋁箔紙出來，就又用鋁箔紙揉成碗狀，打了一個雞蛋在鋁箔紙裡，撒點鹽，同樣擺在豬肉排旁邊。

除此一來，小蜜的晚餐有魚、有豬肉、有蛋也有奶油香菇，應該是非常豐富的晚餐了，而且冰箱還有昨晚吃剩的豆花，不愁小蜜的蛋白質不夠。

在下午一點左右，我就先做好了小蜜的晚餐，通通放進電鍋以後，寫了張紙條放在小蜜常用來做功課的餐桌上，告訴小蜜電鍋裡有晚餐，要記得洗手吃飯，也要小心不要被電鍋燙到了！

雖然我為小蜜做好了晚餐，但我心裡仍然掛念小蜜一個人在那偏僻鄉間的三合院套房裡，不知道她會不會好好讀書？會不會貪玩跑出去？

就像她媽媽說的，鄉下偏僻而且很多地方都沒有路燈，如果她晚上跑出去遇到了什麼危險，誰能夠救她呢？

因此當我在臺南發表完論文，結束了這次研討會之旅，立刻開車上了高速公路趕回苗栗，不過回到苗栗我們租賃的地方也是九點以後的事了。

我餓著肚子一手敲門告訴小蜜我回來了，另一手拎了一袋在去參加研討會前買的臺南肉燥罐頭，打算等等自己煮麵條加肉燥吃。

小蜜從房間裡聽到我的聲音，腳步輕快地飛奔過來，猛打開門朝著我拋出一個宇宙最甜蜜的笑容：「把拔，你回來啦！」

「是啊！我回來了！我還買了臺南的肉燥罐頭哦！」我揚起手上的塑膠袋，隨即皺眉聞到房間裡食物熱氣的香味。

簡單的推理是這樣的：小蜜不會煮飯也沒有去外面買便當，而小蜜剛剛一直把自己反鎖在房間裡，讓房間成為一個密室，這是一個「密室烹飪事件」，沒有廚師的密室裡卻有食物熱氣的香味，唯一的可能就是，這個房間還沒形成密室前，食物就被烹飪到現在……

也就是，我的「電鍋烹飪料理」，小蜜沒有吃或沒有吃完。

我走進房間，朝電鍋望了一下，電鍋仍在保溫中，白色氤氳的熱氣不斷從鍋蓋邊緣冒出，那食物香氣不斷提醒我自己：我餓了！

餓到彷彿喉嚨裡有一隻隱形的手想要去抓食物吃。

不過我得先質問小蜜，我轉頭看著自己的女兒：「你沒吃飯？」

「小蜜想等把拔回來一起吃，小蜜知道把拔也可能沒有吃飯！」小蜜抬頭瞪著我，緊握著小手，然後就掉起眼淚。

真是的，生女兒就是愛哭……

「好啦！我們一起吃飯，好不好？」

可是，我聞著電鍋飯的香味，又聽見小蜜肚子裡咕嚕咕嚕地叫，她一個小女孩怎麼能在放學後這樣忍受食物的味道、忍受飢餓而等我回家呀？

想到這裡，我的眼淚也不禁掉下來了。

食譜 29

1 把一杯米洗淨，放在內鍋，加上水煮鮪魚半罐一起蒸煮。

2 在電鍋內鍋上放置第二淺鍋，把金針菇、香菇平鋪在淺鍋裡，放一塊奶油於香菇上。

3 用鋁箔紙包了一小塊肉排放在香菇旁邊。

4 用鋁箔紙揉成碗狀，打了一個雞蛋在鋁箔紙裡，撒點鹽，同樣擺在豬肉排旁邊。

5 外鍋放半杯水加熱。

RECIPE 30

幸福的彩色醃蔬菜和醬油拌飯

小蜜她媽媽預計那個週日下午來苗栗接她。

那個早上，我和小蜜如同一起生活的每個假日那樣，很慵懶地比平常日晚起，起床後吃過簡單的早餐，她問我要不要去市場買菜？

去市場買菜？小蜜下午就回雲林了，即使我買再多的菜都只能自己吃，我實在提不起去市場買菜的興致。

不過我和小蜜都很有默契地「像平常那樣的生活」，我沒有把自己心裡最直接的想法講出來，只是點點頭說道好啊！就去菜市場逛逛……

假日的菜市場比平日的菜市場稍微熱鬧一些，多了一些攤販。

賣衣服、毛巾、內衣褲的攤販，拿著擴音器或小型麥克風大聲招呼客人，表明這是百貨公司專櫃貨、最後一天特價、晚來就買不到回去被老公罵之類的話。

人潮洶湧的菜市場內，菜葉、雞鴨羽毛和攤販沖洗攤位的污水在走道上留下一地泥濘，被市場裡熙熙攘攘的人們踐踏得更加污穢。

討價還價、宣傳商品的聲音此起彼落，有些彷彿在吵架、在怨懟，有些則像寒暄、像派對上的熱情對話，我一手拎著空蕩蕩彷彿只裝著我略顯憂鬱靈魂的購物袋，另一手緊緊牽著小蜜，我們該往哪邊走呢？

我們的午餐可以吃什麼？

雖然我知道我們沒有共同的晚餐了。

總該是來一點豪華的午餐，就算是稍微快樂的歡送或稍微悲傷的惜別，都應該用大餐來慶祝，我問小蜜，我們買一點牛肉回去煮紅燒肉或煎牛排怎麼樣？

小蜜搖搖頭。

那雞胸肉和雞腿呢？用炸的、滷的都好，小蜜不是覺得把拔煮的滷肉很好吃嗎？還是你喜歡把雞腿炸得喀啦喀啦的口感？

小蜜還是搖搖頭，緊緊抓著我的手腕，她說，不知道是不是天氣熱，有點不想吃東西。

「不想吃東西啊？」在我的腦袋裡開始打轉，有什麼開胃菜可以引發食慾呢？不想吃東西的時候吃一些酸口味的醃菜或許可以提振食慾。

而且如果我和小蜜一起做醃菜，她也能夠帶回雲林吃呀！

於是我告訴小蜜我的想法，她抬頭看了我一眼，有點猶豫，她說，可是醃菜不都很酸嗎？

「我會弄得酸酸甜甜的。」

要怎麼做連小朋友也喜歡吃的醃菜？就是紅糖要多一點，醃菜的顏色多一點變化。

所以我買了小黃瓜、彩色甜椒、紫色高麗菜、紅蘿蔔、白蘿蔔，然後去雜貨店買了醃菜用的玻璃瓶和月桂葉。

月桂葉是月桂樹上長出來、具有獨特香味的葉子，能夠除臭、防腐，一般可用來煲湯、燉肉、海鮮和蔬菜，月桂強烈的氣味可以消除肉的腥味，但也因為氣味太強烈，一般料理不適合放太多月桂葉，只要少少一兩片就能提升風味了。

買了月桂葉後，我們直接驅車回家。

因為醃蔬菜雖然簡單，卻要一段時間，我希望能在小蜜她媽媽來苗栗接女兒之前就能夠做好。

回到家後，我先把買回來的蔬菜洗淨，前些日子因為煮咖哩剩下最後兩顆洋蔥、一顆馬鈴薯，也叫小蜜拿去洗一洗，然後我把這些食材都切成差不多一口大小。

哦！對了，甜椒裡有籽，必須將之清除乾淨。

然後煮一鍋水，把三大碗紅糖、一大碗醋、兩片月桂葉、一點點薑絲、大顆胡椒粒和適量的鹽放入湯鍋中，煮到紅糖完全融化，然後把那些蔬菜塊放進去煮，用小火差不多煮十分鐘熄火。

然後我把食材連同湯鍋拿去泡水，降至室溫後，裝入玻璃瓶內放進冰箱冷藏。

我和小蜜最後一餐的午餐來得特別遲。為的就是等這冷藏好的醃蔬菜，約一點以後，小蜜打開冰箱，摸了醃蔬菜的瓶身，告訴我瓶子已經冰透了，應該可以吃啦！

我們的電鍋裡也早就煮好白飯等著呢！

小蜜為我們兩個人裝了飯，而我把一些醃蔬菜放在碗公裡。

小蜜夾了一口醃蔬菜，忍不住笑道：「好酸，可是好甜又好冰！」

「還算好吃，對不對？這罐醃蔬菜讓你帶回雲林哦！」

「嗯，好！將把拔的料理帶回去……」小蜜看著我的眼睛頓時沈默了，她咬咬下唇對我說道：「把拔，你可不可以再做醬油拌飯給小蜜吃，小蜜想學，這樣小蜜以後回雲林至少可以吃到把拔最簡單的料理味道……」

我輕摟著女兒肩膀，兩個人良久，沒有說話。

食譜
30

1 小黃瓜、彩色甜椒、紫色高麗菜、紅蘿蔔、白蘿蔔、洋蔥、馬鈴薯等食材，該削皮的就削皮，該去籽的就去籽，通通洗淨切塊。

2 煮一鍋水，把三大碗紅糖、一大碗醋、兩片月桂葉、一點點薑絲、大顆胡椒粒和適量的鹽放入湯鍋中，煮到紅糖完全融化，然後把那些蔬菜塊放進去煮，用小火差不多煮十分鐘熄火。

3 等食材降至常溫，放進冰箱冷藏即可。

後記

有一年秋天，我為了兼課方便而搬遷到苗栗，就住在鄉下三合院改建的小套房裡，有些時候感覺相當苦悶，因為朋友們、家人都在遠方，雖然有些學生很熱情，下課時候會打電話找我出去玩，但終究覺得孤單。

那其實是一個不錯的地方，好像與自己不相關的風吹過寂靜的鄉野，站在苗栗山間那塊彷彿特意被保留下來的綠意，天氣還不太熱的時候可以出去跑步，傾聽草叢裡有什麼生物發出聲音，然後偶爾下午有賣菜車駛進這小聚落（連村莊都算不上的地方）彷彿喚醒許多家庭主婦的午寐，從錯落在田野處的磚土房聚集在那賣菜車旁選購雜貨。

因為住得偏僻想要外食並不方便，因此我也喜歡自己買菜、買肉回來自己烹飪，因為自己一個人住所以通常都煮麵和燙一、兩樣青菜，有時是肉羹麵或海鮮麵，如果想換口味也會洗米煮飯並且直接用電鍋來蒸菜。

雖然那是一段稍覺得苦悶孤單的日子，但卻也讓我覺得有種悠閒的步調，住在傳統的三合院裡，三合院左右護籠都相當完整，屋前有一棵形狀頗有古意的老松，雖然房客多都不相熟，但也有一種親切自然的氛圍，三合院改建成的套房相當大，套房裡鋪著大塊潔淨的地磚，四面牆壁淡色的油漆營造出極簡的風格，窗戶很大，白天的時候陽光照射進來讓房間顯得溫暖。

浴室設備雖然簡單卻也乾淨，我是一個人暫居在這樣的套房裡，因為決定只是暫居而已，所以房間裡相當空曠，一排衣架的衣服、兩個白色塑膠整理箱的雜物，數十本書、電腦和少量廚具被堆在房間，給人一種就是不得已才把東西置放在這裡的感覺，房間空曠得有些虛無。

所以除了讀書、寫作外，我不太喜歡待在房間裡。

常在夜晚走出屋子，去看可能有星星的夜空，去尋找螢火蟲劃過草叢的軌跡。多年以後我反倒懷念起當年孤單，那樣閒適而純粹的生活，試想那時如果有個人能和我同住，讓我不會覺得孤單，那該會是誰呢？

因此我寫下了這樣的三十個故事，藉由食物的對話衍生出父女互動的感情。

「一起吃飯！」這件事對人與人來說是很重要的，不管血緣親疏或者一點血緣關係都沒有的人，常在一起吃飯定然就會就能建立感情，如果一個家庭裡每頓晚餐都能認真的「一起吃飯」，那應該是多麼溫馨地令人羨慕的家庭啊！

二魚文化　文學花園　C083

把拔的廚房食譜

作　　者／楊寒
責任編輯／馮銘如
美術設計／蔡文錦
副總編輯／黃秀慧

出 版 者／二魚文化事業有限公司
地址 106臺北市大安區和平東路一段121號3樓之2
網址　www.2-fishes.com
電話　(02) 23515288
傳真　(02) 23518061
郵政劃撥帳號　19625599
劃撥戶名　二魚文化事業有限公司

法律顧問／林鈺雄律師事務所
總 經 銷／大和書報圖書股份有限公司
電話 (02) 89902588
傳真 (02) 22901658

製版印刷／漾格科技股份有限公司
初版一刷／二〇一二年九月
ISBN　978-986-6490-74-3（平裝）
定　　價／二四〇元

國家圖書館出版品預行編目(CIP)資料

把拔的廚房食譜 / 楊寒作. -- 初版. --
臺北市 : 二魚文化, 2012.09
208面 ; 14.8*21公分. -- (文學花園 ;
C083)
ISBN 978-986-6490-74-3(平裝)

857.7　　101015264

題字篆印　李蕭錕

二魚文化